미드나잇 인 카페

미드나잇 인 카페

발행일   2023년 9월 22일

지은이   전형진
펴낸이   손형국
펴낸곳   (주)북랩
편집인   선일영   편집   윤용민, 배진용, 김다빈, 김부경
디자인   이현수, 김민하, 안유경, 신혜림   제작   박기성, 구성우, 배상진
마케팅   김회란, 박진관
출판등록 2004. 12. 1(제2012-000051호)
주소   서울특별시 금천구 가산디지털 1로 168, 우림라이온스밸리 B동 B113~114호, C동 B101호
홈페이지 www.book.co.kr
전화번호 (02)2026-5777   팩스   (02)3159-9637

ISBN   979-11-93304-69-3   03810 (종이책)   979-11-93304-70-9   05810 (전자책)

(주)북랩 성공출판의 파트너

북랩 홈페이지와 패밀리 사이트에서 다양한 출판 솔루션을 만나 보세요!

홈페이지 book.co.kr   •   **블로그** blog.naver.com/essaybook   •   **출판문의** book@book.co.kr

---

작가 연락처 문의 ▶ ask.book.co.kr

작가 연락처는 개인정보이므로 북랩에서 알려드릴 수 없습니다.

평범한 일상을 소박한 위로로 물들이는 한밤 중의 쉼터

미드나잇
인 카페

전형진 지음

작은 공감과 따뜻함에 관한 이야기
일상의 무게를 짊어진 이들에게 커피 한 잔을 건넨다

북랩

들어가며

특별하지는 않지만,
평범함 속에 있는 작고 따뜻한 이야기.

목차

MIDNIGHT IN CAFE

001

런던의 거리에 어둠이 내려앉았다. 비가 추적추적 내리고 있었다. 밤이면 내가 카페 영업을 시작하는 시간이다. 늦은 시간이지만, 사람들과 이야기를 나누기에 좋은 시간이라는 생각이 든다.

영업이 시작된 지 얼마 되지 않아 오드리가 들어왔다. 오드리는 내 가게의 지박령이라고 보면 된다. 카페 오픈 때부터 마감까지 글을 쓰는 손님이다.

"왔구나, 오늘 어땠어?" 나는 오드리에게 안부를 건넸다.

"나야 뭐 그랬어, 글을 어떻게 작성해야 할지 고민하느라 전전긍긍하고 있었지." 오드리는 피로에 찌든 목소리로 대답했다.

"커피 줄까?" 오드리는 고개를 끄덕였다. 나는 음료를 제작했다. 그녀는 커피를 마시면서 음미하였다. "고마워." 그녀는 미소를 보였다.

"요즘, 글에 대한 아이디어가 떠오르지 않나 봐?"

"어떤 이야기를 써야 할지 전혀 모르겠어." 오드리는 시무룩한 목소리로 답을 했다. "소설의 이야기를 찾는 것부터가 많이 어려운 거 같아. 지금은 그냥 짧은 글만 끄적거리고 있어." 오드리는 무엇인가 한숨을 푹 쉬면서 풀이 죽은 듯했다. "어떻게 무엇을 하면 좋을까?" 나는 그 말에 아무런 대답을 하지 못했다.

"혹시 네가 짧게라도 끄적거린 글을 읽어 볼 수 있을까?" 오드리는 '그래'라고 대답과 동시에 글을 보여줬다.

오늘 손님이 비교적 많이 오지 않아, 오드리의 글을 피드백해 주었다.

*

그다음 날, 카페 문을 열고 한동안 손님이 오지 않아 한적했다.

"어서 오세요."

소리 나는 방향으로 고개를 돌려보니 처음 보는 여성 손님이 서 있었다. 그리고 내 쪽으로 다가와서 메뉴판을 유심히 바라보았다.

"어떤 음료를 드릴까요?"

"음료가 여러 가지가 있네요."

나는 별다른 말을 하지 않고, 계산대를 빤히 바라보았다.

"혹시 신맛과 쓴맛이 나는 독특한 음료가 있을까요?"

"그럼요."

나는 웃으며 그녀에게 대답을 했다. 음료를 제조하여 그녀에게 음료를 가져다 주었다.

"고마워요." 그녀의 목소리는 활기차고 쾌활했다.

"여기는 처음 보는 곳인데 이번에 새로 생긴 카페인가요?" "개업한 지는 몇 달 안 되었습니다. 저녁에만 영업을 하고 있어요."

나는 웃음을 지으면서 말했다. 그 여자분은 흥미롭다는 듯이 카페 내부를 살폈다. 문이 열리는 종소리가 들렸다. 오드리가 들어왔다.

"좋은, 밤이야."

나도 오드리에게 말을 건넸다.

"달콤하면서 쌉쌀한 음료가 있으면 부탁할게."

나는 고개를 끄덕이며 음료를 만들어서 오드리에게 건넸다.

"처음 보는 얼굴이네요."

오드리는 여자 손님을 바라보며 이야기를 건넸다.

"반가워요. 저는 오드리라고 해요. 이름이 어떻게 되나요?"

"저는 아가사라고 해요." 아가사는 쾌활하게 대답하였다.

"반가워요. 아가사."

나와 오드리는 아가사에게 인사했다.

"이 카페는 신기한 거 같아요. 이 시간의 카페들은 영업을 끝내고 문을 닫았는데 여기만 영업을 하고 있네요."

아가사는 신기하다는 듯이 카페 내부를 훑어보면서 이야기하였다.

"밤에만 영업을 하는 카페입니다." 아가사를 바라보면서 이야기하였다.

"돈벌이는 거의 포기한 친구입니다." 오드리가 뒤이어 장난스러운 표정과 말투로 말했다.

"그래도 이 시간에 머물 수 있는 카페가 있어서 기분은 좋네요." 아가사는 싱글벙글한 표정을 지었다. 아가사의 얼굴에는 미소가 떠나지 않았다.

"아가사 씨는 어떤 일을 하고 계시나요?" 손님이 없는 데다가 한번 이야기를 해 보기 위해서 말을 걸어보았다. 오드리 또한 궁금한 표정이었다.

"저는 지역아동센터에서 사회복지사로 일을 하고 있어요." 아가사는 음료를 한 모금 마셨다. "아이들을 돌보는 게 힘들지만 아이들이 기뻐하는 모습을 보면 저 또한 기뻐요."

"힘들지만, 기쁘다니 대단한 거 같아요." 오드리는 깜짝 놀란 표정이었다. "저는 아이들과 함께 한 시간만 있어도 체력 방전이 될 것 같아요."

"아이들을 돌보는 건 많이 힘들긴 하지만 오히려 제가 아이들에게서 힘을 얻어요." 아가사는 밝은 미소를 지으며 말했다.

"좋은 일을 하고 계시네요. 저 같으면 힘들어서 금방 그만두었을 텐데." 오드리는 아가사를 바라보면서 이야기했다.

"아이들이 싸우거나 다치면 마음이 아프지만, 그래도 아이들이 즐거워하고 행복해하는 모습을 보면 즐거워요." 아가사는 말했다.

"아가사 씨는 지역아동센터에서 어떤 일을 하는지 여쭤봐도 될까요?" 문득 나의 머릿속에 스친 생각이 입 밖으로 나왔다.

"특별한 것은 없어요. 맞벌이를 하는 부모님들이 퇴근할 때까지 아이들을 돌봐주고 있어요." 아가사는 잠깐 생각에 잠긴 듯하였다. "보통 저녁 6시에서 7시까지 센터에 있답니다." "늦은 시간까지 아이들을 돌봐주고 있네요. 정말 대단해요." 내가 말을 하자 아가사는 감사하다며 미소를 지었다. 아가사는 음료를 한 모금 마시면서 카페 내부와 비가 내리는 바깥 풍경을 바라보고 있었다.

"오늘은 이만 가봐야겠네요."

시간이 얼마나 흘렀을까, 아가사가 짐을 챙기셨다. "늘 이 시간에 오픈을 하나요?"

"네, 저는 언제나 이 시간에 있습니다." 나의 말이 끝나자 아가사는 인사를 하며 자리에서 일어났다. "안녕히 가세요." 아가사는 카페 문을 나섰다.

"너는 언제 갈 생각이야?" 나는 오드리를 바라보며 이야기를 하였다.

"글쎄……. 어떤 글을 써야 할지 고민하고 있었어." 오드리는 빈 커피잔을 바라보며 이야기했다.

"커피 한 잔 더 줄까?" 내가 말을 끝내기 무섭게 오드리는 커피를 한 잔 더 달라고 말했다. 오드리는 커피를 받고 나서 카페 구석진 자리에 앉아서 랩탑 자판을 두드리는 소리를 들으며 남은 시간을 보냈다.

002

오늘 신문에는 전 세계 날씨가 급변해서 태풍의 강도가 올라가서 많은 난민들이 생겨났다는 기사가 헤드라인에 있었다. 매장 밖에는 비가 추적추적 내리고 있었다.

카페 문이 열리는 종소리가 들려왔다.

"어서 오…" 오드리의 모습을 보니 말을 더 이을 수가 없었다. 오드리의 모습은 매우 피곤한 모습이었다. 눈 밑에는 진한 다크서클이 있었다. "어떻게 된 거야?"

"잠을 자지 못했어, 아르바이트를 한 뒤에 한참 동안 떠오르지 않는 글에 대해서 생각하느라." 오드리는 잠에 찌들어 있는 목소리로 말했다.

"글에 대한 아이디어는 떠올랐어?" 나는 오드리를 바라보며 이야기했다. "잠을 많이 안 자면 오히려 더 안 좋은 거 아니야?" 나는 걱정스럽게 오드리를 바라보면서 이야기했다.

"그렇긴 하지, 혹시 따뜻한 커피 한 잔 부탁해도 될까?" 오드리는 힘이 없는 목소리로 입을 열었다.

"물론이지." 나는 커피를 만들어서 오드리에게 커피를 주면서 이야기를 이어갔다. "글에 대한 아이디어가 잘 떠오르지 않나 봐."

"완전 꽝이야." 오드리는 시무룩해진 표정이었다. "아직 이야기의 주제도 정하지 못했어." 나는 오드리의 표정을 바라보았다. 오드리의 시무룩한 표정 위로 근심이 더해졌다.

"내가 해줄 수 있는 건 없지만, 좋은 글에 대한 아이디어를 찾기를 바랄게." 내가 말을 끝나자마자 문이 열리는 소리가 들려 왔다. 검은색 더벅머리의 남성이었다. 검은색 후드티를 입고 있었다.

"어서 오세요." 나는 그 남성을 바라보며 인사를 하였다. 더벅머리 남성은 오드리와 한 칸 떨어져서 앉았다. "주문하시겠습니까?" 그는 메뉴판을 바라보며 잠시 고민했다.

"진저라떼 한 잔 주시겠어요?" 그는 작은 목소리로 주문했다. 나는 음료를 만들어서 그에게 음료를 건넸다.

"밖에 비가 많이 내리네요." 나는 어색한 분위기를 없애기 보기 위해서 그에게 말을 걸어 보았다. 그는 겨우 들릴 목소리로 '네'라고 말하면서 고개만 끄덕였다. 정적이 흘렀다.

"혹시 실례가 안 된다면 어떤 일을 하시고, 이름이 어떻게 되시는지 여쭤보아도 될까요?"

"저의 이름은 크리스토퍼입니다." 그는 음료를 한 모금 마시고 나서 말을 이었다. "저는 지금 학교에서 컴퓨터 공학을 공부하고 있어요." 크리스토퍼의 시선은 대각선으로 향해 있었다. 나 혹은 오드리와 눈을 마주치지 않았다.

"컴퓨터 공학에 대한 공부는 어렵지 않나요?" 오드리가 침묵을 깨고 말을 꺼냈다. 크리스토퍼는 아무 말을 하지 않고 있었다.

"약간 어렵지만 재미있어요…" 크리스토퍼는 작은 목소리로 말했다. 나와 오드리도 어떤 말을 해야 할지 몰라서 조용히 하고 있었다.

"몇 달 전에는 바(Bar)였었는데 카페로 바뀌었나 봐요." 크리스토퍼는 작은 목소리로 말하였다.

"네, 몇 달 전에 카페로 새로 개업했습니다." 나는 크리스토퍼에게 설명했다. "밤에만 영업을 하고 있습니다." 크리스토퍼는 어두운 표정을 짓고 있었다. 오드리는 공책에 글귀를 적어 내려가고 있었다. 나는 오드리가 공책에 글을 쓸 때 들리는 연필 소리를 들으며 식기들을 정리하였다. 크리스토퍼 씨는 잔만 바라보고 있었다.

"저는 이만 들어가 보겠습니다." 크리스토퍼는 자리에서 일어나면서 말했다. "다음에 또 오겠습니다."

"감사합니다. 언제든지 방문해 주세요." 나는 밝은 목소리로 인사를 건넸다.

"성격이 조용하고 소심한 사람인가 봐, 말을 걸어도 시선을 맞추지 않더라." 오드리의 미간을 약간 찌푸리며 말했다.

"사람마다, 다르니까 어쩔 수 없지." 오드리는 내 말을 듣고 나서 창밖을 바라보면서 골똘히 생각을 하고 있었다. 무엇을 골똘히 생각하고 있는지 모르겠지만, 얼마 지나지 않아 좋은 생각이 떠올랐는지 미소를 지었다. 나는 오드리를 바라보며 이야기했다. "좋은 아이디어가 떠올랐어?"

"방금 글에 대한 아이디어가 떠올랐어." 나는 아무런 말을 하지 않고 오드리를 바라보았다. "카페에 방문하는 손님들에 대한 이야기를 쓰는 거야, 물론 등장인물 이름하고 카페 이름은 바꿀 거야." 오드리는 들뜬 표정으로 이야기를 이어갔다. "어제 만난 아가사 씨와 오늘 만난 크리스토퍼 씨를 보면서 확신이 들었어. 너만 괜찮다면, 너도 내가 이번에 쓸 책에 등장시키고 싶어."

"네가 글을 쓰는 데 도움이 된다면 상관없지, 단 손님들 이름이랑 이야기는 바꿔서 써야 돼." 나는 오드리에게 말했다. 오드리는 '그래! 좋아!'라고 말했다. 오드리와 글에 대한 이야기를 하면서 남은 시간을 보냈다.

003

 오늘 신문에는 기후변화로 인해서 많은 난민들이 발생하였으며, 그 난민들이 한곳에 모여 많은 어려움을 겪고 있다는 뉴스가 나왔다. 그 밑에는 정부에서는 빠른 시일 내에 복구를 하겠다는 발표를 하였다. 신문을 유심히 읽고 있던 중 카페 문이 열리는 종소리가 들려 왔다. 이틀 전에 만났던 아가사의 방문이었다.

 "안녕하세요. 아가사 씨, 좋은 밤입니다." 나는 반갑게 인사했다.

 "안녕하세요. 오늘은 비가 많이 안 오네요." 아가사는 웃으면서 답했다. "오드리 씨는 아직 안 왔나 봐요."

 "네, 오드리는 아직 오지 않았어요."

 아가사가 오니 나 또한 목소리가 높아진 듯하였다.

 "어떤 음료를 드릴까요?" 오드리는 메뉴판을 보면서 곰곰이 생각을 하고 있었다. "카푸치노 한 잔 주세요." 아가사는 싱글벙글 웃고 있었다. 나는 카푸치노 한 잔을 만들어서 아가사에게 주었다. 아가사는 '감사합니다.'라고 말했다.

 "오늘 하루는 어땠나요?" 나는 아가사에게 말을 건넸다.

 "오늘은 완전 정신이 없었답니다." 아가사는 음료를 한 모금 마시고 나서 말을 이어갔다. "오늘 제가 근무하고 있는 센터에 새로운 아이가 왔는데 기존에 센터에 다니던 아이들하고 잘 어울리지 못하더라고요." 아가사의 표정은 약간 어두워졌다.

"아이들과 잘 어울릴 수 있도록 같이 놀이를 하게끔 해주면 되지 않을까요?" 나는 조심스럽게 이야기했다. 아가사는 나를 바라보았다.

"저도 그렇게 생각을 하고 있지만, 아이들과 어떻게 어울리게 해주어야 할지 모르겠어요." 아가사의 얼굴에는 근심이 가득하였다. 나도 아무런 말을 건네지 못하였다. 그때 문이 열리는 소리가 들렸다. 금발 머리의 여자 손님 한 분과 검은 머리의 여자 손님이 들어왔다. 나는 그들을 보며 밝게 인사를 했다. 일행이라고 생각했던 그 둘은 자리 한 칸을 띄우고 앉았다.

"어떤 음료를 드릴까요?" 나의 시선은 그 두 사람을 번갈아 향했다.

"저, 따뜻한 커피 한 잔 주세요." 금발 머리의 여성이 말했다. 이윽고 나는 검은 머리의 여성을 바라보았다. 그녀는 뉴판을 보면서 고민했다.

"저는 블랙레몬 한 잔 주세요." 검은 머리의 여성분이 말했다. 나는 두 분이 주문을 한 음료를 제조해서 두 손님에게 음료를 제공하였다. 조용한 정적만이 흘렀다.

"밤까지 여는 카페라니 신기하네요." 금발 머리의 여성이 말했다. 그녀는 앉은 자리에서 카페를 둘러보고 있었다. "이 근처에 이사 온 지는 얼마 안 되었는데 밤에 시간을 보낼 수 있는 곳이 있어서 좋네요." 나는 '감사합니다.'라고 답했다.

"혹시 실례가 안 된다면 어떤 일을 하는지 여쭤보아도 될까요?" 나는 금발 머리 여성을 바라보며 이야기했다. "아! 저는 제임스라고 합니다."

"저는 아리아라고 해요. 근처 출판사에서 일을 하고 있어요." 아리아는 옅은 미소를 지으면서 말했다.

"출판사 직원이요? 갑자기 오드리 씨가 떠오르네요." 아가사는 아리아를 바라보면서 약간 큰 소리로 말했다. 순간적으로 이목이 아가사 쪽으로 향했다. "죄송합니다. 저도 모르게 그만." 아가사는 민망한 얼굴로 커피잔 손잡이만 만지작거렸다.

"오드리 씨요? 그분이 누구인가요?" 아리아는 궁금한 표정으로 물어왔다.

"저의 가게의 단골이에요. 작가가 되기 위해서 카페에서 글을 쓰는 친구입니다." 나는 아리아에게 설명을 해주었다. 그리고 아리아는 음료를 한 모금 마셨다. 검은 머리 여성은 조금씩 음료를 마시면서 잔만 뚫어져라 바라보고 있었다.

"어떤 고민이 있으신가요?" 아가사는 말이 없이 찻잔만을 바라보고 있는 그녀에게 말을 걸었다.

"여기서 만나기로 한 사람이 있었어요." 그녀의 목소리를 작아서 잘 들리지 않았다. 아가사도 그 뒤에도 아무런 말을 하지 않고 나에게 카페와 커피에 대한 질문을 하였다. 나는 아가사가 하는 질문에 답변을 하였다. 옆에서 듣고 있던 아리아도 이야기를 들으면서 나에게 질문을 하였다. 나는 손님들과 이야기를 하였다. 시간이 얼마나 흘렀을까 카페의 문이 열리는 소리가 들렸다.

"어서 오세요." 나는 문 쪽을 바라보았다. 갈색 더벅머리의 한 남성이 들어왔다. 그리고 검은색 머리의 여성 옆에 앉았다. 그녀가 기다리고 있던 일행이라는 걸 알 수 있었다. "어떤 음료를 드릴까요?" 나는 더벅머리 남성을 바라보면서 이야기했다.

"러시안 티 한 잔 주세요." 남성의 목소리는 따뜻했다. 나는 음료를 제조해서 남자분한테 음료를 가져다주었다. 검은 머리의 여성분과 더벅머리 남성분은 작은 목소리로 이야기를 하였다. 사뭇 진지한 이야기를 하는듯했다. 그 두 사람은 화가에 대한 이야기를 하는 듯하였다.

아가사와 아리아가 나누는 대화 소리도 자연스럽게 작아졌다. 그러면 안된다는 것을 알고 있지만 나도 모르게 그들의 대화 소리에 귀를 기울이게 되었다.

"앤, 화가 일을 그만두고 다른 일을 찾아보는 게 어때?" 남자는 나른한 목소리로 말했다. 앤이라는 여성분의 표정은 매우 어두웠다.

"엘리, 당신의 심정을 이해하지 못하는 건 아니야, 하지만 나는 이 일을 계속하고 싶어." 앤은 작은 목소리로 말했다.

"당신이 계속 그 일을 하고 싶어 하는 건 알겠어, 하지만 그래도 경제적으로 많이 힘들잖아." 엘리의 목소리가 약간 커졌다. 정적이 이어졌다. "당신과 나의 생각이 좁혀지지 않는 것 같네." 엘리는 말을 마치고 나서 깊게 숨을 들이마신 다음 깊은 한숨을 내쉬었다. 카페에 있는 다른 손님들은 각자 핸드폰으로 문자를 하고 있었다. 나 또한 딱히 달리 지금 당장 할 일이 없었기 때문에 핸드폰을 확인하면서 문자에 답장을 하고 있었다. 그래서 그 두 손님이 무슨 이야기를 하였는지는 그 뒤로는 자세히 듣지 못했지만, 엘리는 앤이 화가 일을 그만두고 다른 일을 하였으면하는 말했다. 이유는 모르겠지만 앤은 쉽사리 화가 일을 그만두지 못하는 듯하였다. 그리고 얼마 지나지 않아 엘리는 일어섰다. 엘리가 카페 문밖을 나가는 타이밍에 오드리가 들어왔다.

"방금 그 남자 뭐야, 어깨를 부딪쳤는데 사과 한마디 없이 그냥 지나가." 오드리는 퉁명스럽게 이야기했다. 나는 앤을 곁눈질로 바라보았다. 오드리는 나를 한번 바라보고, 엘리를 바라보았다. 오드리는 본인이 말실수를 한것을 알게 되고 침묵을 지켰다.

"어떤 음료를 줄까?" 나는 이 분위기를 타파해 보고자 오드리에게 말을 걸었다. "따뜻한 아메리카노 한 잔 줘." 오드리는 약간 침울한 목소리로 말했다. "무슨 일이 있었어?" 오드리는 작은 목소리로 나에게 물었다. 나는 앤을 곁눈질을 하면서 바라보았다. 어떤 말을 해야 할지 몰라서 계속 생각하였다.

"저 때문에 죄송해요." 앤이 입을 열었다. "저 때문에 분위기가 어두워진 것 같네요." "혹시 실례가 안 된다면 무슨 일인지 여쭤보아도 될까요?" 나는 조심스레 앤에게 말을 걸었다. 앤은 고개를 끄덕였다.

"저는 앤이라고 해요. 방금 나간 사람은 저의 남자친구에요." 앤은 음료를 한잔을 마셨다. "저는 그림을 그리고 있는 화가예요. 저는 이 일을 계속하고 싶어요. 하지만 저의 남자친구인 엘리는 화가를 그만두고 다른 일을 찾아보기를 바라고 있어요." 나는 그녀의 말을 듣고 그저 고개를 끄덕이고 있었다.

"그럼 그림을 그릴 수 있으니 그 재능을 찾아서 화가가 아닌 다른 그림을 그려서 돈을 벌 수 있는 직업을 가지면 되지 않을까요?" 아가사가 입을 열었다. "저의 생각은 그래요."

"하지만 저는 화가 이외엔 다른 일을 생각해 본 적이 없어요." 앤의 목소리는 많이 작아졌다. 아가사의 말에 많이 의기소침해진 것 같았다.

"맞아요. 저도 이 여성분의 말에 동의해요." 옆에 있었던 엠마도 덧붙였다. 앤의 표정은 더욱더 어두워졌다.

"앤, 그냥 한번 생각만 해 봐요. 너무 기죽지 않아도 돼요." 오드리는 앤을 바라보며 이야기했다.

"맞아요. 앤. 방법이 꼭 있을 거예요." 나도 오드리의 의견에 동의를 하면서 말했다.

앤은 곰곰이 생각하는 듯했다. 그리고 음료를 마시고 나서 한번 집에서 생각을 해 보겠다는 말을 덧붙이고 가게 밖으로 나갔다. 나는 '다음에 또 오세요.'라고 말했다.

"정말 어려운 문제네요." 아가사가 말했다. "저도 이만 들어가 봐야겠군요. 오늘 엠마 씨와 제임스 씨와 커피에 대해 말을 할 수 있어서, 즐거웠어요." 아가사는 환하게 웃었다. "내일 출근을 해야 해서 이만 가봐야겠네요." 엠마도 가방을 들으면서 말했다.

"다음에 또 오세요." 나는 웃으며 이야기했다. 오드리도 그 두 사람에게 '또 만나요.'라고 말했다.

"내가 없는 동안 많은 일이 있었나 봐." 오드리는 키득거리면서 말했다. "그런 거 같아, 너는 오늘 하루 어땠어?" 나는 고개를 끄덕이며 말을 이었다.

"오늘 그냥 그랬어, 그래도 오늘 성과는 좋았어." 오드리는 커피를 한 모금 마셨다. 나는 궁금한 표정으로 오드리를 바라보았다. "어제오늘 너에게 말한 이야기에 대한 내용을 출판사에게 보냈는데 관심이 있는 출판사가 있었어, 완성이 되면 계약을 하고 싶다고 말을 했었어."

"정말? 그거 정말 좋은 소식인데?" 나는 정말 기뻤다. 오드리가 책을 출판을 하다니 좋다고 생각이 들었다.

"하지만 3개월 내에 글을 완성해야 돼." 오드리는 걱정이 된다는 말투였다.

"그러면 너 지금 이러고 있으면 안 되는 거 아니야? 빨리 글을 써야 할 거 같은데?" 나는 오드리를 바라보았다. "머리는 많이 아프겠지만."

"이제 이 카페에 방문하는 손님들의 이야기를 듣고 써보려고, 혹시 내가 쓴 글을 읽어 줄 수 있을까? 양은 조금 되지만." 오드리는 나에게 제발 읽고 평가해달라는 눈빛이었다. 나는 알겠다고 하며 오드리가 작성한 글을 읽어보았다. 오드리에게 랩탑을 받아서 오드리가 지금까지 작성한 글을 읽어보았다. 내가 글을 읽어보고 있는 동안, 옆에서는 사각사각하는 연필 소리가 들려왔다. 오드리는 공책에 글을 써 내려가고 있었다. 나는 연필 소리를 들으며 글을 읽어 내려가며 시간을 보내고 카페 문을 닫았다.

004

오늘 카페에 와서 신문을 읽었지만, 눈에 들어오는 내용들이 없었다. 신문을 읽으면서 그저 주가를 살펴보았다. 자극적인 기사와 내용들이 눈에 들어왔다.

신문들도 정보를 전달하는 매체가 아닌 돈을 벌기 위한 기업화가 되었구나 하는 생각이 들었다.

"무슨 일 있었어? 완전 피곤해 보이는데?" 나는 오드리를 위아래로 바라보았다.

"밤새 글을 써 내려가기 위해서 생각을 해 보았지만, 전혀 써 내려가지 못했어." 오드리는 우울한 표정을 지었다. 피곤해 보이는 표정이 더 피곤해 보였다. "음료 한 잔 줄까?"

오드리는 골똘히 생각에 잠긴 표정이었다. 언뜻 보기엔 잠을 자는 것 같았다. "비터하트 한 잔 줄 수 있을까?"

오드리는 감았던 눈을 번뜩 뜨면서 말하였다. 나는 고개를 끄덕였다.

오드리가 주문을 한 음료를 만드는 사이에 카페 문이 열리는 소리가 들렸다. 나는 잠깐 고개를 돌려 카페 문을 바라보았다. 어제 카페에 방문하였던 앤이었다. 그녀는 많이 위축된 듯했다. 그녀는 카페를 둘러보고 있었다.

"어서 오세요." 앤은 나를 보고 고개를 약간 숙이면서 인사하였다.

"안녕하세요." 오드리의 목소리에는 피로가 가득 녹아 있었다. 나는 오드리가 주문한 음료를 오드리에게 주었다. "고마워."

"저도 음료 한 잔 주문해도 될까요?"

나는 고개를 끄덕이며 언제든지 주문을 해도 된다고 말했다. 앤은 카페의 메뉴판을 뚫어져라 보고 있었다. 한참을 고민하던 앤이 입을 열었다.

"다크 초콜릿 한 잔 주세요."

앤의 목소리는 점점 작아졌다. 그저 처음에 크게 들렸던 '다크' 부분을 듣고 추측을 해서 다시 물어본 다음에 음료를 제조하였다. 앤의 성격은 많이 소심하다는 생각이 들었다. "오늘 하루는 어땠나요?"

나는 앤에게 음료를 주면서 말을 붙여보았다. 앤의 시선은 나와 테이블을 번갈아 가면서 향했다.

"오늘 하루는 괜찮았어요. 그리고 어제 일은 죄송했어요."

앤이 나의 얼굴을 보면서 이야기했다. 하지만 곧바로 앤의 시선은 테이블로 향했다. 앤의 시선은 계속 테이블로 향해있고, 음료 잔을 계속 만지작거리고 있었다.

"무슨 불안한 일이 있을까요?"

오드리는 앤에게 물었다. 오드리의 미간은 좁혀 있었다. "아니요. 불안한 일은 없어요."

앤은 오드리에게 시선을 향하지도 않았다. 오드리는 나를 보고 어깨를 으쓱했다. "혹시 어떤 일을 하나요?" 앤의 찻잔을 만지작거리고 있었다.

"저는 화가예요."

앤은 찻잔을 양손으로 부드럽게 감싸 안으면서 들었다. 앤이 음료를 한 모금 마셨다. "근데 지금은 제가 그림을 잘 그리는지는 모르겠어요. 실패를 계속하다 보니 이 길이 저에게 맞는 건가 하는 생각이 드네요."

그 말을 들은 나는 어떤 말을 해야 할지를 선택하지 못하였다. 침묵이 흘렀다. 얼마나 침묵이 흘렀을까 카페의 문이 열리는 소리가 들렸다. 아리아가 카페에 들어왔다.

"안녕하세요. 좋은 저녁이에요."

아리아가 먼저 인사를 건네주었다. 나도 아리아를 웃으며 바라보면서 인사를 건넸다. "오늘 무슨 좋은 일이 있으신가 봐요?"

오드리는 웃으며 아리아에게 말을 걸었다.

"오늘 괜찮은 작품을 발견했어요. 아직 기획서만 이메일로 받았지만 괜찮은 거 같아요." 아리아는 굉장히 들떠 있었다.

"아, 음료 주문할게요. 아메리카노로 부탁해요." 나는 알겠다고 말했다. 곧바로 음료를 제조하였다. 음료를 제조해서 아리아에게 음료를 전달하였다.

"어떤 기획서를 받아보았나요? 왠지 엄청 흥미로운 이야기일 것 같은데요?" 나의 시선은 아리아에게 고정되었다.

"주인공인 소설가인데 본인이 쓴 여주인공과 사랑에 빠지는 이야기에요."아리아의 목소리는 굉장히 들떠있었다.

"빨리 그 책이 완성이 되면 읽어보고 싶어요." "혹시, 출판사에서 일을 하시나요?"

오드리는 아리아에게 질문을 하였다.

"네, 저는 작은 출판사에서 일을 하고 있어요. 저는 책을 읽는 것을 좋아하기도 해서 자연스럽게 출판사까지 온 거 같아요."

아리아는 오드리의 질문에 답변을 하면서 쑥스럽게 이야기를 하였다.

"대단한데요. 오드리는 글을 쓰고 있어요. 기회가 된다면 오드리가 쓴 글을 읽어보면 좋을 거 같아요."

나는 오드리와 아리아를 번갈아 가면서 보았다. 오드리의 볼을 약간 빨개졌다. 아리아의 눈은 커졌다.

"한번 기회가 된다면 보여주세요. 읽어보고 싶어요."

아리아는 오드리를 바라보았다. 오드리는 '좋아요.'라고 짤막하게 이야기했다. 오드리의 얼굴은 여전히 빨개져 있었다.

"글을 쓰시다니 대단해요."

앤의 목소리는 매우 작게 들렸다. 앤이 말했다는 것을 겨우 인지하였다.

"네, 저는 글을 쓰는 것을 좋아해요. 글을 쓰는 건 사람들이 제가 쓴 글을 읽고 머릿속에 그림을 그리는 멋진 일이라고 생각해요."

오드리의 표정은 말을 하는 것과 동시에 상상의 세계로 뻗어나간 것 같은 표정이었다. "하지만 글을 쓰는 것은 다른 창작활동과 마찬가지로 엄청 어려운 거 같아요."

앤은 오드리의 말을 집중해서 듣고 있는 듯하였다.

"혹시, 실례가 안 된다면 오드리 씨는 글 쓰는 것 이외에 다른 일을 하고 계신가요?" 앤은 오드리에게 말을 하고 있었지만 시선은 아래로 향해 있었다.

"낮에는 아르바이트를 하고 있어요. 생계를 위해서는 어쩔 수 없는 선택이지 않나 싶어요." 앤은 오드리의 말에 끄덕였지만, 표정에 많은 생각이 잠겨 있었다. 그 뒤로 앤은 특별한 말을 하지 않고 생각에 잠겨 있었다. 오드리와 아리아는 자리를 옮겨 쓰고 있는 글에 대한 이야기를 나누고 있었다. 나 또한 가만히 있기 뭐해서 설거지와 음료 재료 재고를 확인하였다. 그러고 나서는 매장 밖을 바라보면서, 사람들이 지나다니는 모습을 바라보았다. "사장님은 꿈이 있으신가요?"

앤이 침묵을 깼다. 컵을 만지작거리고 있었다.

"저는 카페를 운영하는 게 꿈이에요. 어떻게 되면 저의 꿈을 이루었다고 볼 수 있네요." "그렇군요."

앤은 다크 초콜릿을 한 모금 마셨다.

"저는 화가를 계속하고 싶어요. 하지만 경제적인 이유 때문에 고민이 되네요. 저는 그림을 계속 그리고 싶어요. 잠시 그림을 그리는 것을 내려 두고 아르바이트나 취업을 하면 경제적인 건 나아지겠지만, 제가 그림을 그리러 다시 돌아올 수 없을 것 같다는 생각이 머릿속에 맴돌아서 시도하지는 못하겠어요."

나는 앤을 바라보았다.

"글쎄요. 저의 생각을 말씀드려 보자면 저는 직장에서 일을 하면서 쉬는 날에 그림을 그리는 방법이 괜찮은 방법이라고 생각해요."

나는 앤의 반응을 지켜보았다. 앤은 고개를 끄덕이며 찻잔을 만지작거리고 있었다. 어떤 의미인지는 알 수 없었다.

"틀린 말은 아니지만, 돌아오지 못할 거라는 생각이 계속 머릿속에 맴도네요." 앤은 잠시 머뭇거리다가 말을 이어 나갔다.

"이러면 안 된다는 것을 알고 있는데 포기하기가 어렵네요."

나는 아무런 말을 하지 않았다. 앤에게 어떤 말을 해주어야 할지 자세히 머릿속에서 정리가 되지 않았다. 침묵이 이어지고 있을 때에 카페의 문이 열리는 소리가 들려왔다. 건장한 체격을 가진 남자분이 들어왔다. 그 남성은 카페를 신기하게 바라보고 있었다. "어서 오세요."

나는 문 쪽을 바라보며 인사를 하자 그 남자는 나를 바라보았다.

"음료 종류가 많아서 어떤 음료를 시켜야 할지 고민이네요. 지인이 알려줘서 와봤는데 분위기가 괜찮네요." 그의 목소리를 들으니 '호탕하다.' 라는 표현이 떠올랐다. "천천히 보시고, 주문해 주세요."

"다른 음료를 마시고 싶지만, 일을 가기 전에 잠깐 들린 거라서요. 따뜻한 커피 한 잔 주세요." 나의 말이 끝나기 무섭게 그가 주문을 하였다. 나는 알겠다고 말을 하고 음료를 제조해서 음료를 주면서 물었다.

"실례지만, 어떤 일을 하시나요?" 그는 음료를 받았다.

"저는 야간 경비원으로서 일을 하고 있어요. 대니얼이라고 합니다." 나는 '제임스'라고 내 소개를 하였다.

"야간 경비원이면 정확히 어떤 일을 하시나요?" 대니얼은 커피를 한 모금 마시면서 곰곰이 생각하는 듯하였다.

"그냥, 야간에 건물 순찰을 돌아요. 제가 일하고 있는 건물은 곧 철거를 할 건물이라 사람들이 없어요." 대니얼은 커피 한 모금을 마셨다. "질이 나쁜 사람들이 들어와서 좋지 않은 행동을 하고 가는 경우가 있어요. 예를 들어 술과 마약 같은 경우가 대표적이죠." 대니얼의 미간은 약간 모였다. 감정이 느껴진다는 보다, 습관적으로 미간을 모으는 듯하였다.

"그러면 경비원으로 일을 하다 위험한 경우가 있지 않나요?" 앤이 작은 목소리로 말하였다. "아… 저는 앤이라고 해요."

"저는 대니얼입니다." 앤은 머리를 끄덕였다. 대니얼은 커피 한 모금을 마시고 말을 이어갔다. "처음에는 무섭고 그랬는데, 지금은 적응이 돼서 그런지 괜찮아요."

"그럼, 순찰을 돌지 않은 시간에는 어떻게 시간을 보내시나요? 밤이라 무섭고, 시간도 엄청 느리게 흐를 것 같아요." 대니얼은 내 이야기를 듣자 곰곰이 생각을 하였다.

"주로 만화책을 읽으면서 시간을 보내요. 순찰을 돌지 않는 시간에는 CCTV를 보거나, 만화책을 읽어요." 대니얼의 말에서 긍정적인 기운이 들었다.

"오늘 안 좋은 일 있으세요?" 대니얼은 앤을 바라보면서 말했다. "표정에 힘이 없어 보여요."

앤은 계속 머뭇거렸다. 그리고 앤이 가지고 있는 고민을 이야기했다. 앤은 대니얼에게 나에게 털어놓았던 이야기를 하였다. 대니얼은 고개를 끄덕이며, '그렇군요.'라고 말했다. 나도 고개를 끄덕였다.

"앤의 걱정을 잘 알 것 같아요. 저의 생각을 말해보자면, 아르바이트를 하면서 생활비를 벌면서 일을 하지 않은 시간에 그림을 그려보는 것이 좋다고 봐요." 대니얼의 목소리가 약간 낮아졌다.

"하지만, 그림을 그리는 데에도 시간이 빠듯해요. 저는 화가로 성공을 하고 싶어요." 앤의 목소리가 약간 커졌다.

"제가 느끼기엔 당신은 좋은 그림을 그려야 하겠다는 생각에 얽매여 있어요. 사람들을 만나고, 일을 하면서 다양한 사람들을 만나다 보면 그림에 대한 영감이 샘솟을지도 몰라요." 대니얼은 앤 쪽으로 몸을 틀었다.

"어떻게 장담하실 수 있나요?" 앤의 목소리에서 약간의 울먹임이 느껴졌다. 대니얼의 표정에서 당황한 기색이 역력했다. 나는 앤에게 물을 건넸다. 앤은 숨을 크게 들이쉬고 내뱉었다.

"계속 그림만 그리려고 하는 건 이기적인 생각이겠죠?" 나와 대니얼은 아무 말도 하지 않았다. 어떤 말을 해야 할지 생각이 떠오르지 않았다. 다른 말을 해야 하나 하는 생각이 들었다.

"차를 새로 드릴까요? 아니면 물이라도…"

"아니오, 괜찮아요." 앤은 고개를 저었다. 나도 '알겠다'라고 말했다. 대니얼은 핸드폰을 확인하고 있었다.

"저는 이만 일을 하러 가야겠네요. 앤, 기분이 나빴다면 미안해요."앤은 괜찮다고 하였다. "다음에 또 오겠습니다." 대니얼은 웃은 모습으로 카페를 나섰다. 얼마 지나지 않아, 앤도 다음에 또 오겠다며 하면서 자리에서 일어섰다. 아리아와 오드리가 다가왔다.

"표정이 좋아 보이는데?" 나는 오드리에게 말을 했다.

"오랜만에 즐거운 대화를 나눈 것 같아." 오드리의 표정에 미소가 가득했다.

"저도요. 제가 오드리가 쓴 글을 출판을 해주기로 했어요. 물론 편집장님이랑 이야기를 해 봐야겠지만, 오드리를 추천할 생각이에요." 오드리는 옅은 미소를 짓고 있었지만, 긍정적으로 느껴졌다. "제임스가 많이 피드백을 해주세요." 나는 깜짝 놀랐다.

"막중한 책임감이 느껴지는군요." 아리아와 오드리는 큰 소리로 그들과 함께 웃었다.

"앞으로 엄청 귀찮게 할 테니 기대해." 오드리는 방긋 웃었다. "내가 언제든지 글을 확인해 줄게."

"어떤 글이 완성될지 기대가 되네요." 아리아도 방긋 웃었다. 나는 오드리와 아리아에게서 어떤 이야기를 나누었는지 자세하게 들었다. 오늘 하루는 이렇게 마무리가 됐다.

앞으로 오드리는 나한테 시간이 될 때마다 쓴 글을 보여주면서 피드백을 받을 것이라고 말하였다. 나는 알겠다고 답을 하였으며, 아리아도 오드리를 많이 도와달라고 덧붙였다. 나는 걱정하지 말라는 말을 몇 번 되풀이한 거 같았다.

005

오늘 신문 1면에 비리로 물의를 일으킨 국회의원이 대국민 사과를 하면서 자진 퇴사하겠다는 기자회견을 하였다는 내용의 기사가 실려있었다. 검찰 수사의 압박과 국민적 언론이 좋지 않자 자진사퇴라는 선택을 하였다는 내용도 자그마하게 실려 있었다. 비리를 저지른 국회의원이 정당한 법적 처벌을 받았으면 하는 생각이 들었다.

나는 설거지를 하면서 카페 오픈 준비를 하였다. 카페의 문이 열리는 소리가 들렸다. "어서 오세요." 문 쪽을 바라보며 인사하였다. 며칠 전에 왔었던 크리스토퍼였다. 그의 몰골은 처음 봤을 때보다 많이 초췌해 보였다.

"안녕하세요." 크리스토퍼의 목소리에는 힘이 없었다. "블랙 매직 한 잔 주세요." 나는 알겠다고 하며, 음료를 제조하였다.

"많이 피곤해 보이는데 어떤 일이 있었나요?" 나는 크리스토퍼에게 음료를 건네면서 물어보았다. 그는 '네?'라고 말한 뒤 잠시 조는 듯하였다. 곧바로 선잠에서 깼다. "죄송해요, 무슨 말을 하였는지 못 들었어요. 다시 한번 말씀해 주실 수 있나요? 제가 많이 피곤해서요." 크리스토퍼의 눈 밑에는 진한 다크 서클이 있었으며 몰골이 매우 초췌한 모습이었다.

"많이 피곤해 보이시는데 무슨 일이 있으신가요?" 크리스토퍼는 잠시 멍을 때렸다. "아 과제를 하느라, 요 며칠째 잠을 못 잤어요. 전공이 컴퓨터공학과이다 보니 과제 중에 프로그래밍 과제가 많이 있어요." 크리스토퍼는 천천히 차를 마셨다. "차가 괜찮네요."

"제가 프로그래밍에 대해서 잘 몰라서 그러는데 잠을 포기할 정도로 많이 힘든가요?" 내 말을 크리스토퍼는 곰곰이 생각에 잠기는 표정이었다.

"어떻게 설명해야 할지 모르겠군요. 머릿속에는 있지만 그걸 말로 설명하기가 어렵네요." 크리스토퍼는 잠시 눈을 감았다 떴다. "다른 사람들은 어떻게 생각할지 모르겠지만, 저는 프로그래밍하는 것이 즐거워요." 나는 신기하다는 생각이 들었다. 어떻게 과제를 하면서 '즐겁게 할 수 있을까?'라는 생각이 들었다. 나는 크리스토퍼에게 '대단하다.'라고 말했다.

"언제부터 프로그래밍에 관심을 가졌나요?"

"어린 시절부터 프로그래밍에 관심을 가졌어요. 어렵지만, 그 어려운 문제를 해결을 하면 오는 짜릿한 느낌이 있어요." 크리스토퍼의 표정은 즐거운 표정을 지었다.

"음…. 저는 그 느낌을 잘 알지 못하겠군요. 돌이켜 보면 저는 어려운 문제를 해결해 본 적은 없는 것 같아요."

"제 생각엔 지금 사장님은 지금 충분히 어려운 일을 하고 계세요. 카페를 운영하면서 다른 사람들의 이야기를 들어주는 건 힘든 일이잖아요." 크리스토퍼는 웃음을 지었다. "그런가요?" 나는 의아했다. "그렇게 말씀을 해주시다니 감사합니다." 그리고 정적이 흘렀다. 크리스토퍼는 잠시 눈을 감고 있었다. 나는 핸드폰으로 SNS를 보고 있었다.

"이 카페는 몇 시부터 영업을 하나요?" 크리스토퍼는 말을 마치고 헛기침을 하였다. "오후 5시 30분부터 오픈해 영업을 하고 있어요."

"그 시간부터 영업을 시작하는 이유가 있을까요?"

"글쎄요. 특별한 이유는 없어요. 단지 밤에 사람들이 쉬고, 이야기할 공간이 있었으면 해서요."

"그럼 바를 오픈해도 괜찮지 않았을까요?" 나는 크리스토퍼의 말을 듣고 잠시 생각에 잠겼다. "당신의 말에 동의해요. 하지만 카페에서 느낄 수 있는 안정감과 카페에서만 할 수 있는 마음 깊은 곳의 이야기들이 있잖아요. 저는 그게 좋아요." 크리스토퍼는 미소를 지었다.

"마음에 드는군요. 묘한 매력이 있는 카페예요." 나는 '감사합니다.'라고 말했다. "그런데 전에 제가 카페에 왔을 때 있던 그 여자분은 안 보이네요. 그, 글을 쓰신다는 여자분이요. 이 카페 단골이라고 했던 것 같아요."

"아 그러고 보니 오늘은 안 보이네요. 슬슬 올 시간이 되었는데요. 올 때가 되면 오지 않을까요?" 그때 마침 카페의 문이 열리는 소리가 들렸다. 전에 앤과 함께 왔던 엘리라는 남자였다. "안녕하세요."

"안녕하세요." 엘리는 목소리는 그때 언쟁을 벌였을 때와 다르게 나른했다. "그린치 한 잔 주실 수 있을까요?" 크리스토퍼는 언제 꺼내는지도 모를 랩탑을 꺼냈다. 자판을 두드리는 소리가 들렸다. 마치 악기를 연주

하는 듯하였다. 그 소리를 들으면서 엘리가 주문한 음료를 제조하였다.

"주문하신 그린치 나왔습니다."

"안녕하세요." 크리스토퍼의 랩탑 타자 소리와 엘리가 음료를 마시는 소리가 카페 안을 채웠다. "혹시 실례지만, 그때 그 이후로 저와 함께 있었던 여자분이 이 카페에 왔었나요?"

"네, 어제 왔었어요." 앤이 많이 고민하고 있다는 것을 말을 해야 할까 하는 고민이 들었다. 엘리는 고개를 끄덕였다.

"걱정이 많이 되네요. 저는 앤이 걱정되서 그런 건데 어떻게 표현을 해야 할지 모르겠어요. 그때는 죄송했습니다. 괜히 사장님께 민폐를 끼친 것 같군요."

"아닙니다. 괜찮습니다. 저… 그때 들으려고 해서 들은 것은 아니지만 그 이후에 연락을 안 하시는 건가요?" 엘리는 약간 머뭇거렸다.

"네 그날 이후로 연락을 안 하고 있어요. 솔직히 연락을 하더라도 어떤 말을 해야 할지 잘 모르겠어요." 엘리는 음료를 마시려고 했으나 찻잔은 비어 있었다.

"그린치로 한잔 더 드릴까요?" 그가 고개를 끄덕였다.

"그래도 연락을 한번 해 보는 것이 좋지 않을까요?" 나는 엘리에게 음료를 건네며 물었다.

"그때 싸우고 나서 계속 그 생각을 했어요. 제 여자친구의 입장은 이해가 되지만, 저와 주변 가족들을 생각했으면 하는 마음이 크거든요. 저의 여자친구가 한 발짝 양보를 해줬으면 하는 바람이에요."

"그 의견에 저도 동의해요. 그날 이후로 앤도 많이 고민을 하는 거 같더라고요. 서로 시간을 가지고 이해를 하는 시간이 필요할 것 같아요. 쉽게 생각이 바뀌는 게 아니니까요. 어쩌면 서로 얼마나 믿고 기다릴 수 있는지가 중요하겠죠."

"조언을 해주셔서 감사합니다. 하지만 언제까지 참을 수 있을지는 잘 몰라도 꼭 생계를 위해 일을 하면서 그림을 그리면 좋겠어요." 엘리는 고개를 끄덕이며 말했다. 나 또한 가볍게 고개를 끄덕였다. 더 이상 어떤 말을 해줘야 할지 모르는 탓도 있었다.

"앤이 혼자 왔을 때 정확히 어떤 말을 했었는지 알 수 있을까요?"나는 곰곰이 생각하였다. 그때 앤과 어떤 대화를 했는지 기억을 해내기 위해서 노력을 했지만, 내 머릿속엔 어렴풋한 기억만이 남아 있었다.

"어렴풋이 기억을 기억이 남아 있긴 해요. 앤은 그때 본인은 그림을 계속 그리고 싶다고 했지만 당신과 주변 사람들의 말은 이해를 하고 있었어요." 엘리는 약간 의아하다는 표정을 지었다. 나는 계속 말을 이어갔다. "하지만 지금 생계를 위해서 잠시 그림을 내려놓고 다른 일을 하게 되면 다시 그림을 그릴 수 있을지 고민을 하더라고요. 그녀에게 많은 시간이 필요해 보였어요." 엘리는 그저 찻잔을 만지작거리고 있었다.

"저, 말씀 중에 실례지만, 블랙 매직을 한 잔 더 주실 수 있을까요?" 나는 엘리에게 양해를 구하고 나서 크리스토퍼가 추가로 주문을 한 음료를 제조해 건넸다. 크리스토퍼는 음료를 받아들기 무섭게 랩탑 자판을 두드렸다. 크리스토퍼의 집중력은 대단하다고 느껴졌다.

"저는 내일 출근을 위해서 들어가 보겠습니다. 다음에 또 오겠습니다." 엘리는 미소를 지으며 자리에서 일어났다. 나도 미소를 지으며 '다음에 또 오세요.'라고 인사했다. 시계는 어느새 8시 10분을 가리키고 있었다. 엘리가 나간 뒤 나는 식기류들의 먼지를 한 번씩 닦았다. 크리스토퍼의 키보드 자판의 소리가 나에게 안정을 가져다 주는 것 같았다. 그렇게 크리스토퍼의 자판 소리를 들으며, 공책에 글을 조금씩 적고 있었을 때 문이 열리는 종소리가 들렸다. 한 남자 손님이었다. 따뜻한 커피 한 잔을 테이크아웃 해갔다. 얼마 지나지 않아 새로운 손님이 등장했다.

"안녕하세요." 아가사였다. 그녀에게서는 마지막에 봤을때 처럼 긍정적인 에너지가 느껴졌다. "에스프레소 한 잔 주시겠어요?" 그녀는 인사가 끝나기 무섭게 주문을 하였다. 바로 음료를 제조해서 그녀에게 주었다.

"오늘은 무슨 좋은 일이라도 있었나요?"

"딱히 좋은 일은 없었어요. 그냥 좋은 생각만 가지려고 노력을 하다 보면 하루하루가 즐겁게 느껴지는 거 같아요." 그녀를 이해를 할 수 있을 것 같으면서도 이해하기가 어려웠다. 그녀의 말을 듣자 어떻게 사람이 마냥 긍정적으로 생각을 할 수 있지 하는 생각이 들었다. "대단해요. 아가사 씨의 직업 특성상 많이 힘들고 지칠 만도 한데 긍정적인 생각을 가진다는 건 많이 어려울 거 같아요. 만약에 저라면 늘 힘들다고 생각했을 거예요." "음…… 제임스, 맞나요?" 나는 '네'라고 말을 하면서 고개를 끄덕였다. 아가사는 안심을 한 표정을 지었다. "솔직히 말하자면, 힘들지 않다면 거짓말이에요. 사회복지사라는 직업의 특성상 매우 힘들어요. 8

시간 근무를 한다면 4시간은 상담과 아이들 케어 그리고 나머지 4시간은 서류 작업인 거 같아요. 물론 상담과 아이들 케어를 하면서 중간중간 서류작성을 하지만 매우 고되죠. 좋은 일을 한다는 생각을 하면서 일을 하고 있지만, 정작 알아주는 사람은 없거든요." 아가사는 본인이 힘든 점을 말하면서도 미소를 잃지 않으려고 하였다.

"좋은 일을 하지만 알아주는 사람이 없다면 정말 힘들거 같아요."내가 해줄 수 있는 부분은 아가사의 말에 공감을 해주는 일 이외에는 없었다. 아가사는 고개를 끄덕이다, 에스프레소 한 잔을 마셨다.

"아이들을 케어하는 일에서 의미를 찾고 있어요. 이 일이 곧 저인 것 같아요. 나와 다른 일을 생각해 본 적은 없어요." 아가사의 목소리는 약간 무거워졌다. "제가 너무 무거운 이야기를 했네요."

"아니에요. 힘든 일이 있으면 언제든지 말을 하셔도 돼요." 그녀가 고개를 들어 다시 밝은 표정을 지었을 때 마음이 아팠다.

"옆에 있는 남자분은 무엇을 하고 있는 건가요?" 크리스토퍼는 어느새 이어폰을 착용하고 있었다. 내가 아가사와 이야기에 집중하고 있을 때 이어폰을 착용한 듯하였다. "크리스토퍼에요, 지금 프로그래밍을 하고 계시는 거 같아요. 저도 정확히는 모르겠지만요." 아가사는 그저 고개를 끄덕이고 있었다. 아가사는 크리스토퍼가 하고 있는 작업을 신기하다는 듯이 잠시 바라보았다. 크리스토퍼는 옆에서 바라보고 있거나 어떠한 이야기를 하고 있든 신경을 쓰지 않는 듯하였다. 그의 집중력이 대단하다는 생각밖에 들지 않았다. 아가사는 어느새 잠시 눈을 감고 있었다. 그리고 밖에는 추적추적 비가 내렸다. 비가 길거리를 차갑게 적시는 소리가 들렸다.

"이만한 합주는 없을 거예요." 아가사는 눈을 감고 카페 밖에서 들리는 비가 내리는 소리를 듣는 듯하였다.

"맞아요." 나는 고개를 끄덕였다.

"나라는 존재를 찾고 싶지만, 어떻게 해야 할지 모르겠어요. 전에는 일에서 의미를 찾으려고 했었는데 지금은 의미를 찾지 못한 거 같아요." 아가사는 창밖을 바라보고 있었다. "여기에 오면 마음이 편해지네요."

"마음에 드신다니 다행이에요." 나는 아가사의 모든 생각을 알 수는 없었다. 물어보고 싶었지만, 차마 물어보지는 못했다. 크리스토퍼는 기지개를 켰다. 그는 귀에서 이어폰을 뺐다. 차가 식었는지 한 모금을 마시고는 찻잔을 한동안 바라보고 있었다.

"작업이 끝나셨나요?"

"네 작업은 끝냈어요. 생각보다 오래 있었네요."

"어떤 작업을 하셨어요?" 아가사는 크리스토퍼의 랩탑을 바라보았다. "영어가 잔뜩 있네요." 아가사의 눈의 커졌다. 신기하다는 듯 한참을 바라보았다.

"아… 이건 프로그래밍이라는 거예요. 다른 표현으로는 코딩이라고 해요." 크리스토퍼의 목소리에서 떨림이 느껴졌다. "어떻게 설명해야 할지 잘 모르겠네요."

"코딩은 들어본 거 같아요. 하지만 정확히 어떤 것인지는 잘 몰라요."

크리스토퍼는 잠시 생각을 하고 입을 열었다.

"컴퓨터하고 하는 대화라고 생각하시면 편할 거예요." 아가사는 고개를 끄덕였다. "저한테는 아직 어렵네요. 코딩이라는 단어는 들어본 적이 있지만, 정확히 어떤 것인지는 잘 모르겠네요. 그래도 컴퓨터와 하는 대화라고 알려주시니 조금이나마 이해하기 쉽네요." 아가사는 살짝 미소를 지었다.

"죄송해요. 제가 설명을 잘 했는지는 잘 모르겠네요."

"괜찮아요. 저도 설명을 잘 못 해요. 머릿속에서 맴돌 때가 많아요." 아가사는 밝게 웃으며 이야기를 했다. 크리스토퍼는 고개를 끄덕이며 찻잔을 확인하였다. "혹시 괜찮으시면 그린치 한 잔을 더 주문해도 될까요? 차가 괜찮네요."

"칭찬 감사합니다. 금방 음료를 드리겠습니다." 칭찬에 내심 기뻤다. 차를 만들 때 나오는 증기가 나의 얼굴을 덮쳤다. 나는 차를 만들 때마다 발생하는 이 증기는 내가 살아 있다는 느낌을 주었다. "여기 음료 나왔습니다." 크리스토퍼는 '감사합니다.'라고 말을 하고, 랩탑을 보고 있었다.

"여기 있는 메뉴들은 모두 다 만들 수 있는 있는 건가요?" 아가사는 턱을 괸 채 메뉴판을 바라보고 있었다.

"네, 모든 메뉴를 만들 수 있어요." 아가사의 눈을 동그래졌다.

"여기에 자주 와서 모든 메뉴를 먹어봐야겠네요." 아가사는 밝게 웃었다. 어두웠던 표정이 한층 밝아졌다.

"저는 언제든지 환영합니다."

"이 카페에 온건 몇 번 안되지만, 이곳은 마음이 편해지는 것 같아요." 아가사는 본인의 왼쪽 손목 소매를 만지작거렸다. "누군가에게 저의 고민을 말한 것은 처음이에요. 이 카페에 있는 메뉴를 다 먹어봐야겠다는 목표가 생겼으니 더 자주 올게요." 나는 언제든지 환영한다고 말을 했다. 나 또한 누군가의 고민을 들어본 적은 처음이었다.

아가사는 커피와 차에 대해서 이것저것 나에게 물어보았다. 밖에는 빗소리가 더 세게 창문을 두드렸다. 마치 샤워기를 세게 틀어 놓은 듯하였다. 잠시 이야기를 멈추고 창밖을 바라본 아가사는 밖에 비가 온다고 말했다. 나도 그 말에 동의를 했다.

"집에 갈 때 신발이 잔뜩 젖을 것 같네요." 비는 계속 강하게 내려서 비가 더 강하게 카페의 창문을 두드렸다. 한동안 멍하니 창밖을 바라보았다. "그렇고 보니 단골손님이라고 하셨던 그 여자분이 안 보이네요. 그 글을 쓰시는 분이요."

"그러게요. 오늘은 오지 않네요. 무슨 바쁜 일이 있나 봐요."

"그분이 좋아하는 일이었으면 좋겠네요, 이왕 바쁜 일이 있다면 본인이 좋아하는 일로 바쁘면 좋잖아요." 아가사는 밝게 웃었다. "여기서 비가 내리는 모습을 보니 걱정이 조금이나마 씻겨 내려가는 것 같네요." 비가 내리는 모습을 바라보았다. "혹시 비가 내리는 거 좋아하시나요? 런던은 비가 자주 내리는 도시잖아요."

"글쎄요. 비가 내리는 게 좋다, 싫다 보긴 보단 그냥 익숙해진 것 같아요."

"그러게요. 저는 비가 내리는 게 좋아요. 비가 내리는 소리와 비가 갠 후에 맡을 수 있는 흙 내음을 좋아해요. 그래서 저는 비가 내리는 게 좋아요." 내가 할 수 있는 부분은 그저 아가사의 말을 경청하는 것 이외에는 없었다. 빗소리 때문인지 몰라도 크리스토퍼가 두드리는 자판 소리가 작게 들리는 듯하였다. "제임스 씨는 혹시 이 카페 일이 아닌 다른 일을 생각해 본 적이 있나요? 저는 어린 시절 학교를 다녔을 때부터 봉사 활동을 많이 했었어요. 그래서인지 사회복지사 선생님들 자주 마주쳐서 그런지 어린 마음에 사회복지사가 되어야겠다고 생각했었던 것 같아요. 정말 막연하게 생각을 했었던 것 같아요. 처음에는 일을 할 때에 뿌듯했지만 지금은 뿌듯함이 사라졌어요. 점점 뿌듯함이 사라졌어요." 나는 조용히 아가사의 이야기를 들었다. 아가사는 그린치를 한 모금 마셨다.

"이 카페 왔을 때 제임스 씨가 저를 보고 '밝은 성격을 가진 사람이구나.'라고 생각했었을 거예요. 그런 이야기를 많이 들어오기도 했고요. 하지만 지금은 그런 말을 들으면 많은 한 구석에서 우울한 느낌이 들어요. 우울한 감정을 어떻게 받아들여야 할지 잘 모르겠어요." 내가 그녀의 말을 들었을 때 그녀는 나무와 같았다. 유연한 대나무가 아니라 겉으로는 튼튼해 보이지만 유연하지 못해서 태풍과 같은 거센 바람이 불어오면 그 바람을 견디지 못하고 뿌리째 넘어질 거 같았다.

"한번 아가사 씨 본인에게 휴가를 주는 게 좋지 않을까요? 본인에게 쉴 시간을 준다면 아가사 씨 마음 한구석에 자리 잡은 우울한 감정이 사라지지 않을까요?" 말을 마치자 괜히 말했나, 하는 생각이 들었다. 어쩌면 내가 한 말이 아가사에게 불쾌한 감정을 들게 했을 수도 있겠다는 생각이 자리 잡았다.

"제임스 씨는 마음씨가 착하네요." 아가사는 빈 찻잔을 바라보았다. "미안해요. 제가 괜히 궁색 맞았네요. 그래도 저의 이야기를 들어 줘서 고마워요. 그리고 제 자신에게 휴가를 줘보는 게 어떠냐는 조언도요." 나는 아가사에게 조금이나마 도움이 되었으면 좋겠다는 말했다.

그녀에게 도움이 될지는 모르겠다. 괜한 말을 한 건 아닌가 하는 생각이 머리 한구석에 자리 잡았다. 아가사는 한동안 창밖에 비가 내리는 모습을 바라보고 있었다. 카페에는 커피를 테이크아웃을 하는 손님과 비가 잠시 잠잠해질 때까지 카페에서 시간을 보낼 손님들이 줄곧 왔다. 카페 내에는 내가 커피를 만드는 소리, 밖에서 내리는 빗소리 그리고 크리스토퍼가 랩탑 자판을 두드리는 소리로 채웠다. 아가사와 크리스토퍼를 제외한 손님들은 핸드폰으로 문자 혹은 메일을 확인하고 답장하는 듯하였다.

커피를 만들 때 나는 커피 향이 내 코를 가득 메웠다. 손님들을 응대하는 사이에 아가사는 다음에 또 오겠다고 인사를 하고 카페를 나섰다. 비가 잠잠해졌다. 시간이 밤 10시가 약간 넘었다. 그 많던 손님들이 빠져나갔다. 정신이 없었다. 크리스토퍼는 아직도 랩탑 자판을 두드리고 있었다. 그의 집중력이 대단하다고 느껴졌다.

"저…. 혹시 커피 한 잔을 더 주실 수 있을까요?"

"커피를 너무 많이 마시는 거 아닌가요?" 크리스토퍼는 잠시 멍을 때렸다. "그런가요? 하지만 지금 하고 있는 걸 끝내고 싶어서요."

"그래도, 건강을 챙기면서 해야 좋지 않을까요? 카페에 왔을 때부터 많이 피곤해 보이는데 그냥 커피의 힘을 빌려서 버티는 거 같아서요. 지금 크리스토퍼 씨께서 하고 있는 일을 끝내는 것도 중요하지만, 건강을 챙겨가면서 하는 게 좋지 않을까요?" 크리스토퍼는 멍하니 랩탑 화면을 바라보고 있었다. 그는 매우 피곤해 보였다.

"생각해 보니 하신 말이 맞는 거 같아요. 하지만 코딩에 집중하고 있다 보면 잠자는 시간을 줄여가면서 하고 있는 모습을 자주 보게 돼요. 일과 휴식의 밸런스를 잡지 못하겠어요. 어떻게 생각하실지 모르겠지만, 코딩을 하고 있는 것 자체가 저에게는 일이자 저에게는 휴식인 거 같아요."

"음… 저한테는 신기하게 들려요. 제 눈에는 많이 피곤해 보이고, 많이 힘들어 보이는데 어떻게 일이자 휴식이 될 수 있나요?"

"저는 코딩을 하면서 프로그램을 개발하는 게 즐거워요. 그래서 고민 없이 컴퓨터공학과를 선택 했어요." 그의 시선은 랩탑 모니터에 고정되어 있었다. "물론 오류가 나오게 된다면 화가 나거나 짜증이 나지만 그래도 그 문제를 해결을 하면, 말로 설명하지 못할 희열을 느낄 수 있어요. 다른 사람들은 이런 모습을 이해하지 못하더라고요."

나는 크리스토퍼를 빤히 바라보았다. 그는 정말 프로그래밍을 할 때 행복해 하는 거 같았다. "일을 하면서 즐거워하다니, 그 심정은 이해할 수는 없을 것 같아요. 어떤 느낌인지 이해할 수 없겠지만, 크리스토퍼 당신이 즐거워 보이는 게 보여요."

"칭찬으로 들을게요. 제가 한 말과 심정을 이해하지 못한 것 같지만, 그래도 즐거워하는 저의 모습을 봐줘서 고마워요. 대부분의 사람들은 즐거워하는 저의 모습을 보지 못하는 거 같아요. 늘 잠을 충분히 자라는 말만을 해요."

"어쩌면, 그 사람들은 크리스토퍼 당신을 걱정해서 그런 게 아닐까요? 즐거워하는 일을 하는 것도 중요하지만, 건강도 중요하니까요. 건강해야 좋아하는 일을 더 오랫동안 할 수 있잖아요."

"그렇군요. 시점을 바꿔서 생각해 보니 저를 걱정해서 하는 말이라고 생각이 드네요." 크리스토퍼는 빈 커피잔을 바라보았다. "그래도, 오늘 지금 하고 있는 일은 마쳐야겠네요. 블랙커피 한 잔 테이크아웃 해주실 수 있을까요?"

나는 알겠다고 하며 고개를 끄덕이며, 커피를 제조해서 테이크아웃 컵에 담아 그의 앞에 두었다. 그는 가방에 랩탑을 정리하였고, 커피를 집어 들고, '안녕히 계세요. 다음에 또 올게요.'라고 말을 하며 카페를 나섰다. 솔직히 말하자면 끝부분은 문이 열리는 소리와 겹쳐서 제대로 듣지 못하였다.

카페에는 나 혼자 남았다. 나는 평소처럼 청소를 하면서 마감하였다.

006

오늘 신문 1면에는 미국과 중국의 무역전쟁이 시작되었다는 기사가 나왔다. 나는 그 기사를 유심히 바라보았다. 그렇다고 해서 자세히 읽지는 않았지만 미국과 중국의 무역전쟁이 시작되었다는 제목을 보았을 때에는 경제적 타격을 입는 산업 분야와 국가들이 많겠다는 생각이 들었다. 두 개의 강대국이 경제적으로 보복을 가하고 압박을 가한다고 하니 그럴 만도 하겠다는 생각이 들었다. 하지만 나에게는 멀게만 느껴지는 일이었다. 제조업이나 중국 기업과 밀접하게 거래를 하고 있는 산업들은 타격을 입을 것이라고 하지만 나에게 크게 와닿지는 않았다. 음악을 들으면서 찻잔을 닦았다. 문이 열리는 종소리가 들려왔다. "안녕하…. 어? 무슨 일이야?" 오드리가 들어왔다. 오드리의 모습은 약간 피곤한 모습에 매우 화가 난 모습이었다.

"몰라, 모든 게 짜증이 나. 내 일이 모든 게 잘 안 풀리니는 거 같아. 다른 친구들은 다 잘나가는 거 같은데 나만 제자리에 있는 기분이야." 오드리는 카페에 들어오자마자 탁자에 머리를 숙였다.

"네가 좋아할지는 모르겠지만 이거 마시고 일단 기분을 가라앉혀."나는 카페라떼를 제조해서 오드리에게 주었다.

"고마워, 잘 마실게." 오드리는 두 손으로 찻잔을 감싸 안았다. 오드리는 한숨을 크게 내쉬었다.

"대체 무슨 일이 있었던 거야? 안 좋은 일이 있었던 거야?" 오드리는 고개를 푹 숙이고 있었다. 괜히 물어본 건 아닌가 하는 생각이 들었다.

"혹시 아리아 기억해? 전에 왔던 출판사 직원 말이야."

"그 긴 금발 머리 여자분? 기억하지." 내 말이 끝나자, 오드리는 크게 숨을 들이쉬고 뱉었다. "어제 아리아와 함께 아리아가 일하고 있는 출판사와 몇몇 출판사를 출판기획서와 지금까지 쓴 원고를 가지고 갔어." 오드리의 목소리에서 떨림이 느껴졌다. "그리고 시원하게 퇴짜를 맞았지."

"그래서 카페에 자주 오는 네가 어제 카페에 오지 않았구나." 오드리는 고개를 끄덕였다. "그래도 피드백은 준 출판사는 있었어? 아니면 아예 퇴짜를 맞은 거야?"

"피드백 메모를 준 출판사는 없었어, 그냥 수많은 퇴짜를 맞았을 뿐이야." 오드리는 카페라떼를 벌컥벌컥 마셨다. "일단, 아리아하고 계속 고민을 하고 글을 쓰면서 수정을 해가기로 했어. 그래서 오늘 여기서 만나기로 했어."

"그래도 포기를 안 했다니 보기 좋은 거 같은데?"

"포기는 안 했지. 단지 기분이 급 다운이 되어서, 몸에 기운이 쫙 빠져. 글을 많이 쓰지는 않았지만 그래도 잘하고 있었다고 생각했는데 그게 아니라고 느껴지니까 뭘 어떻게 해야 할지 모르겠어."

"그거 참, 기운 빠지는 소리다."

"너는 왜? 무슨 안 좋은 일 있어? 아니면 가게 매출이 안 나와서 가게를 닫아야 하는 상황이야?" 오드리는 고개를 갸우뚱하면서 말했다.

"방금 네가 한 말 덕분에 몸에 기운이 빠진 거 같아." 오드리는 뭔가 알겠다는 듯 고개를 끄덕이며, '미안해. 내 생각이 짧았다.'라고 말했다. 나는 '괜찮다.'고 짧게 말하였다. "그래서 이제 어떻게 할 거야? 전에 말한 것처럼 카페 손님들을 주인공으로 글을 쓸 거야?" "응, 그 아이디어는 절대 포기 못해. 내가 생각해낸 아이디어 중 최고의 아이디어야, 아리아도 내 아이디어가 괜찮다고 했어."

"그거 다행이네." 오드리의 표정은 약간 풀린 듯하지만 아직 근심이 보였다. "혹시 오늘 시간 되면 내가 지금까지 시간이 되면 내가 쓴 글을 읽어 줄 수 있어? 그리고 어제 무슨 일이 있었는지 알려 줄 수 있어?" 나는 오드리의 말을 듣고 나서 약간 당황스러웠다.

"부탁이야." 오드리는 나를 뚫어져라 바라보았다.

"글쎄 어떻게 말을 해야 할지 잘 모르겠어. 여기에 방문하는 손님들이 기분이 나쁘지 않을까?"

"조금만 말을 해줘도 괜찮아 그리고 이름은 바꿀 거야. 당연히 이야기도 참고만 할 거야." 오드리는 정말 원하는 거 같았다. 나는 오드리에게 약속을 지켜야 한다고 말했다. 오드리는 공책을 꺼냈다. 공책에는 글이 빼곡하게 차 있었다. 정말 공책에 빈 공간이 안 보일 정도로 빼곡하게 차 있었다. 오드리가 글을 쓴 글을 보자마자 든 생각은 정신이 없다는 생각이 들었다. 그냥 계속 이렇게 글을 써온 것인지 아니면 정리가 안된 것인지 감을 잡지 못하였다. 전에 글을 봤을 때와는 다르게 많이 작성되어 있었다. 확실히 손님들이 이야기 한 것을 기반으로 글을 쓴 거 같다. 뼈대만 손님들의 이야기일 뿐 그 이외의 내용은 오드리가 상상력을 기반으로 살을 붙인 거 같았다. 하지만 오드리가 쓴 글이 눈에 들어 오지 않았다. '가독성'이 좋지 않았다. 오드리에게 어떻게 나의 생각을 설명해야 할지 머릿속이 복잡해졌다.

"굉장히 많이 썼네, 그것도 아주 많이."

"그래? 내가 생각하기엔 이 정도는 써야겠다는 생각이 들어서." 오드리의 목소리는 많이 잠겨 있었다. 그녀의 건강도 걱정이 되었다.

"그래도 주인공을 심경을 설명하는데 5페이지를 쓴 건 너무 많이 쓴 거 같아." 오드리는 한숨을 쉬었다.

"너의 생각을 그렇다는 거지? 아리아에게 이 글을 보여주면 어떤 반응일까?" "글쎄… 아리아도 양이 많다고 하지 않을까?"

"그렇겠지? 네가 그렇게 말했으니까 솔직히 말해서 글을 어떻게 간결하게 써 내려가야 할지 모르겠어. 그냥 머릿속이 복잡해 무엇인가에 사로잡혀 있는거 같아."

오드리는 마치 랩을 하듯이 말을 쏟아 냈다. 그간 많이 힘들었나 보다. 카페에 있을 때 책에 글을 잘 써 내려가는 것 같아서 집필에 대한 고민이 적을 줄 알았는데 내심 걱정이 많았나 보다. 오드리가 그간 고민을 많이 했다는 것이 느껴지자 내가 들고 있는 공책도 다르게 느껴졌다. 그래도 지금 이 글은 조금, 아니. 많이 정리를 할 필요성이 느껴진다. 하지만 내가 어떻게 피드백을 해주어야 할지 나조차도 가늠이 되지 않았다.

"천천히, 심호흡을 하고 내 말을 들어봐." 오드리는 나를 바라보았다. "혹시 여기서 글을 쓸 때를 제외하고 평소에 글을 쓸 때 어떻게 해?" 오드리는 곰곰이 생각을 하고 있었다. "음…. 그냥 집에만 박혀 있는 상태에서 글을 써, 유일하게 밖에 나오는 건 여기에 오는 것 이외에는 밖에 나오지 않고 그냥 집에서 글을 쓰는 것에 집중하고 있어 글이 잘 써 내려가지 않아도 그냥 일단 붙잡고 있어."

"일단, 글을 쓰는 데 시간을 많이 보내고 있네." 오드리는 고개를 끄덕였다. "너의 평가를 듣고 싶어." 오드리는 공책과 나를 번갈아 가면서 바라보았다.

"일단 전반적으로 간략하게 써야겠다는 게 나의 생각이야. 글이 너무 길어. 이건 아무리 소설을 좋아하는 사람일지라도 읽는 것을 포기하게 될 거야." 나는 오드리가 쓴 글을 계속 읽어 내려갔다. "네가 듣기 기분 나쁠 수 있겠지만 여기서 많이 줄여야 할 거 같아. 가지치기라고 해야 할까? 많이 쳐내야 할 거 같아."

"얼마나?" 오드리의 표정은 생각이 많아진 것 같았다.

"아주 많이, 그것도 아주 많이." 오드리는 남은 카페라떼를 마저 마신 뒤 정신을 차리기 위해 블랙 매직 한잔을 달라고 하였다. 나는 바로 제조해서 오드리에게 주었다. 오드리는 어떻게 해야 할지 모르겠다고 중얼거리고 있었다. 더 이상 해줄 말이 떠오르지 않았다.

카페 문이 열리는 소리가 들리고 아리아가 들어왔다. 나는 아리아를 반갑게 맞이했다. 그녀는 웃으면서 나의 인사를 받아 주었다. 그리고 오드리를 한번 바라보았다.

"혹시 오드리에게 무슨 일이 있었어요?!" 아리아는 굉장히 작은 목소리로 나에게 말했다. 나는 지금까지 있었던 일을 아리아에게 말했다.

"다 들려." 오드리의 목소리에는 힘이 빠진 목소리였다. 그 말을 들은 나조차도 힘이 빠지는 듯하였다.

"혹시 글을 저도 지금 볼 수 있을까요?" 말이 끝나기 무섭게 오드리는 글을 쓴 공책을 아리아에게 보여주었다. 아리아는 오드리가 쓴 글을 유심히 읽어보고 있었다. 얼마나 읽었을까 아리아의 미간이 좁혀졌다. 잘 다듬으면 좋겠다는 말이 들렸다.

"그건 정말 많이 고민을 해 보고, 수정을 많이 해야겠네요." 오드리는 표정에서 고민이 많이 느껴졌다. 아리아는 밝게 웃으며 오드리에게 힘내라는 말을 해주었다. "아! 그리고 보니 들어온 지 꽤 되었는데 주문을 안 했네요. 죄송합니다. 진저라떼 한 잔 주세요."

오드리는 책상에 엎드린 상태에서 중얼거리고 있었다. 머릿속에 많은 생각이 뒤엉켜서 날뛰고 있는 듯하였다. 나는 오드리에게 머리를 시키라는 말을 하면서 아이스 아메리카노를 옆에 두었다.

"한번 산책이라도 해 봐, 그러면 머리가 맑아질 거야."

"그런가? 그런데 산책을 할 힘이 없어." 오드리는 머리가 복잡하고, 힘이 들어도 그 특유의 빈정거리는 목소리로 대답했다.

"맞아요, 제임스 말대로 산책이라도 해 봐요." 아리아는 온화한 미소를 지으며 대답했다. "혹시 손님 안 와? 손님들과 대화를 하고 싶어. 왠지 그러면 환기가 될 것 같아."

"글쎄, 기다리다 보면 오지 않을까?" 문이 열리는 소리가 들려왔다. "안녕하세요." 전에 왔었던 야간 경비원인 대니얼이었다. 그는 전에 봤을 때처럼 듬직한 모습이었다. "안녕하세요. 오랜만에 왔어요." 대니얼의 목소리에서 듬직함이 느껴졌다. "아이스 아메리카노 한 잔 주세요."

오랜만에 아이스 아메리카노를 제조해서 그런지 정겹게 느껴졌다. 런던에서는 아이스 아메리카노를 마시는 사람이 드물다 보니 더 그런 걸수도 있다. 대니얼에게 아이스 아메리카노를 주었다. 대니얼은 커피를 한모금 마셨다.

"커피 맛은 그대로네요. 마음에 들어요." 대니얼은 함박웃음을 지었다. "이 카페의 분위기는 개인적으로 정말 마음에 들어요. 뭔지 모르겠지만 많은 것을 담을 수 있는 카페인 거 같아요."

"자주 오세요. 많은 이야기를 들을 수도 있잖아요."

"저도 그러고 싶은데 일을 나가야 하는 날에는 못 와요. 오늘은 쉬는날이기도 해서 겸사겸사 왔어요."

"그러고 보니 야간 경비원 일을 하면 많이 무섭지 않아요? 밤에 순찰을 돌면 귀신이 나올 것 같은 기분이 들고 으스스하잖아요."

"처음에는 무서워요. 지금은 귀신보다 사람이 더 무서운 거 같아요. 제가 경비원으로 일하고 있는 곳에 사용을 안 하는 곳도 있다 보니 종종 와서 마약 밀매나 마약을 직접 하는 사람들이 모여들어요. 그래서 귀신보다는 사람이 더 무서운 거 같아요."

"직접 그분들은 상대하나요?" 오드리는 어느새 고개를 들고 대니얼을 바라보고 있었다. 눈에는 생기가 가득했다. 그래도 기분을 차려서 다행이다 라는 생각이 들었다.

"어우! 직접 상대하면 매우 위험하죠. 다른 경비는 어떻게 처리하는지 모르겠지만, 제가 일을 할 때는 경찰과 동행을 해요. 괜히 저 혼자 나섰다가 위험에 빠질 수도 있었어요. 몰래 들어와서 마약을 하는 경우가 많아서 저 혼자는 위험해요."

"많이 위험하네요. 그런 자주 있나 봐요."

"자주는 아니고 종종 있어요. 솔직히 마약을 포함해서 불순한 목적으로 들어오시는 분들을 제외하고는 대부분 오갈 데 없는 노숙자분들이 많아요. 그런 분들을 보면 아쉽지만, 쫓아내야 하죠."

"노숙자 분들은 대니얼 씨가 나가달라고 말을 하면 순순히 응해주시나요?" 이유는 모르겠지만, 아리아의 미간이 좁혀져 있었다.

"제가 곧장 말을 할 때는 건물 밖으로 나가요. 하지만 어느 정도 시간이 흐른다면 어느새 들어와서 비와 추위를 피하고 있어요. 맘 같아선 건물에 들어오게 해서 비와 추위를 피하게 하고 싶지만, 저를 경비원으로 고용한 회사의 지침을 따라서 다시 그분에게 가서 못 들어오게 해요. 보통은 근처의 노숙자 쉼터를 알려주곤 해요."

"어렵네요. 그 일에 대해서. 잘 모르지만, 그래도 경비원으로서 일을 하다 보면 힘들지 않아요? 또 밤에 하다 보면 많이 졸음이 몰려오잖아요." 나는 대니얼을 바라보았다. 내 말을 듣고 대니얼은 호탕한 웃음을 지었다.

"그 질문은 처음 받아보는 거 같아요. 힘들지 않다면 그건 완전 새빨간 거짓말이에요. 노숙자를 못 들어오게 해야 하고, 순찰을 돌면서 마약 혹은 불순한 목적으로 건물에 들어오는 사람들을 못 들어오게 해야 하다 보니 당연히 힘들죠. 경비실에서 CCTV 화면만 보고 있다 보면 졸음이 몰려와서 그럴 땐 라디오를 듣거나 넷플릭스를 시청하고 있어요. 요즘에는 교양을 쌓기 위해서 독서를 하고 있어요. 최근에 읽은 책은 『이방인』이에요. 작가 이름은 기억이 나지 않지만요."

그의 말을 끊임없이 이어졌다. 어느새 이야기의 주제는 대니얼이 최근에 읽은 『이방인』으로 바뀌었다. 그는 작가 이름은 기억이 나지 않지만 그 책을 굉장히 감명 읽게 읽었다고 하였다. 아리아와 오드리가 작가 이름이 알베르 카뮈라고 알려주면서 어떤 점이 감명 깊었는지 물어보았다. 그다음부터는 솔직히 대니얼이 무슨 말을 하였는지 기억이 나지 않았다. 내가 말할 수 있는 핑계는 중간에 러시안 티를 테이크아웃 해간 손님이 와서 음료 제조를 했었기 때문이다. 왜, 대니얼의 말보다 중간에 온 손님이 테이크아웃을 해간 음료가 기억에 남았는지는 의문이다. 하지만 대니얼 덕분에 가라앉아 있었던 카페 분위기에 생기가 돌았다.

대니얼의 특유의 호탕한 웃음과 말 때문일 거라는 내 나름의 짐작이 들었다. 오드리는 본인이 책을 쓰고 있다고 말했다. 대니얼은 어떤 글을 쓰고 있는지 궁금하다는 말을 여러 번 물어보았다. 오드리는 지금은 쓰고 있는 단계라 아직은 명확하게 보여줄 수 없다고 하였다. 대니얼은 굉장히 아쉬워하는 표정이었지만 완성이 되면 꼭 보여달라고 하였다. 오드리는 웃으면서 꼭 완성이 되면 보여주겠다고 대답했다. 아리아는 본인이 열심히 오드리의 글을 피드백해 줄 것이라고 하였다.

"그러고 보니 당신의 이야기가 궁금해요. 여기 있는 사람들 중에서 당신만 이야기를 안 한 거 같아요." 세 사람의 시선이 나에게 집중되었다.

"글쎄요. 어떤 말을 해야 할지 잘 모르겠네요. 저의 이름은 제임스에요." 내가 지금 무슨 말을 하는 건지 모르겠다. 왜 갑자기 내 이름을 말한 것인지는 잘 모르겠다.

"오 좋아요. 좋은 시작인 거 같아요, 근데 너무 긴장했어요?"

"그런가요? 제 이야기를 하려고 하니 많이 어렵네요. 저는 사람들의 이야기를 듣는 게 편해서요." 세 사람 모두 부자연스러운 시선이었다. 어쩌면 어떤 말을 해야 할지 당장 떠오르지 않아서 그런 것이다. "미안해요. 말하는 데에 재주가 없었어요."

"괜찮아요, 다른 건 몰라도 커피는 기가 막히게 잘 만드시는 거 같아요." 아리아가 웃으면서 말했다. 칭찬을 받아서 그럴까 기분이 묘하게 느껴졌다.

"칭찬 감사합니다. 그래도 저의 이야기를 하는 게 어렵네요." "괜찮아요. 언젠가 제임스의 이야기를 듣게 날이 오겠죠."

"그러고 보니 오늘 출근은 안 하시나요? 야간 경비원으로 일을 하면 지금쯤이면 출근할 시간이 아닌가요?" 오드리가 입을 열었다.

"오늘 하루 휴가를 내서 출근은 안 해요." 대니얼은 아메리카노를 한 모금 마셨다. "습관이라는 게 무서운 게 휴가라서 쉬는 날에도 출근할 때처럼 밤에 일어나게 돼요. 낮에는 잠을 자고요."

"완전 밤낮이 바뀌었네요." 아리아는 말하였다. "저도 자주 밤낮이 바뀌는 것 같아요. 여러 작가들이 출판사에 투고한 글들을 읽다 보면 어두웠던 바깥 풍경은 새로운 날을 알리는 해를 본적이 여러 번 있어요. 그럴 때마다, 많은 생각이 복잡미묘하게 떠올라요."

"어떤 생각이 떠오르나요?" 오드리는 궁금해하는 표정이었다. 대니얼도 궁금하다는 듯하였다.

"특정한 표현, 단어로 정의를 내릴 수 없는 거 같아요. 새로운 하루가 시작이 되어서 설렘이 가득하지만, 반면 많은 일들이 쌓여 있다는 걸 알기 때문에 그로 인한 피로감이 몰려오는 느낌이에요. 하지만 작가들의 글들을 읽고 피드백을 해주면 뿌듯함이 있기 때문에 계속 이 일을 하는 거 같아요."

"아리아에게 맞는 직업인가 보네요. 본인에게 맞는 직업을 찾는 게 가장 어려운 거 같아요." 대니얼은 웃으며 말했다. "저는 저기서 책을 읽을 게요." 대니얼은 자리에서 일어나 카페의 구석에 있는 테이블로 자리를 옮겼다. 그가 어떤 책을 읽고 있는지는 궁금했지만 등지고 있어 잘 보이지는 않았다. 아리아와 오드리는 지금 작업하고 있는 글에 대해서 이야기하고 있었다. 몇몇 테이크아웃을 하러 오는 손님들이 들락거리는 소리, 아리아와 오드리가 나누는 대화 소리 작지만 들리는 대니얼이 책 넘기는 소리 불협화음이지만 그 불협화음이 웬만한 오케스트라 합주 못지않게 훌륭한 연주로 들렸다. 카페의 문이 열리는 소리가 들렸다. 앤이 들어왔다.

"안녕하세요, 앤. 오랜만이네요. 오늘은 어떤 음료를 드릴까요?"

"카페라떼 한 잔 주세요. 오늘은 사람이 많이 있네요." 나는 웃으면서 '그러게요. 오늘은 사람이 많네요.' 내가 음료를 제조해서 앤에게 전달했을 때 앤은 고맙다고 이야기했다. 카페라떼를 한 모금 마시고 옅은 미소를 지었다.

"오늘 기분 좋은 일 있으신가 봐요." 내가 물었다.

"어쩌면요, 오늘 광고 디자인 회사에 입사했어요." 앤의 입가에 우유가 묻어 있었다. 그 우유 때문인지는 몰라도 수줍은 미소가 더 수줍은 미소로 보였다.

"그거 좋은 소식이네요. 전에 계속 고민했었잖아요."

"일단 6개월 동안의 계약직이에요." 앤은 나의 눈을 바라보았다. 전에 왔을 때와 다르게 자신감이 느껴졌다.

"앤, 당신은 잘 해낼 수 있을 거예요." 내 말이 끝나자 앤은 수줍어하면서 웃었다. "혹시, 연필과 종이가 있을까요?" 나는 고개를 끄덕이며 연필과 종이를 앤에게 전달하였다. 앤은 연필과 종이를 받자마자 사각사각 연필 소리가 들려왔다. 앤이 무엇을 하는지 궁금했다. 앤의 연필 소리는 기분 좋은 소리였다. 얼핏 보니 그림을 그리는 것 같았다. 시간이 얼마나 지났을까, 그녀가 나에게 그림을 건넸다.

"당신을 그려보았어요. 이 카페를 온 덕분에 작지만 문 하나를 열 수 있는 용기를 얻었어요. 이건 제가 줄 수 있는 작은 선물이에요. 특별하지는 않지만요." 가슴 한구석이 뭉클 하게 느껴졌다. 오드리는 옆에서 나에게 얼굴이 빨개졌다고 놀렸다. 나는 그녀의 농담을 웃어넘겼다.

"고마워요. 정말 큰 선물인 거 같아요. 좋은 선물을 주서서 감사합니다. 그리고 앤에게 도움이 되다니 오히려 제가 감사합니다. 언제든지 오세요. 언제든지 열려 있으니까요." 앤은 옆은 미소를 지었다.

"디자인 회사에 다니면 자주 올 수 있을지는 모르겠지만, 자주 올게요." 앤은 카페라떼를 한 모금 마셨다. "왠지 오늘은 이 카페에 더 오래 있고 싶네요."

"여기는 언제나 열려 있어요. 언제든지 놀러 오세요." 누군가에게 힘이 될 거라곤 생각지도 못했다. 앤이 선물로 준 그림은 잘 보이는 곳에 걸어두었다. 언제 시간이 된다면 코팅을 해두어야겠다. 오드리는 아리아와 대화를 하면서 머리에 과부하가 왔는지 테이블에 엎드리고 있었다.

"한번 산책이라도 다녀오는 게 어때? 계속 이렇게 무기력하게 있는 것보다 산책이라도 하면서 환기를 시키는 게 좋을 것 같아." 나는 오드리에게 얼음물을 건넸다.

"산책을 하고 싶은 마음은 아니야, 그저 단어가 머릿속에서 떠오르지가 않아."

"그럼 네가 편한 대로 해, 그게 가장 우선이니까." 오드리에게 말을 하고 아리아를 봤을 때 아리아는 멍한 표정을 지었다. 많이 피곤해 보였다.

"많이 피곤해 보이네요. 괜찮으세요?"

"저는 괜찮아요. 잠시 생각을 하고 있었어요. 생각을 하고 있다 보니 멍을 때렸나 봐요. 혹시 저도 얼음물 한 잔 주실 수 있을까요?"나는 고개를 끄덕이고, 아리아에게 얼음물을 주었다. 아리아는 나지막하게 고맙다고 이야기했다. 나 또한 나지막하게 '고맙긴요.'라고 대답하였다. 오늘 처음으로 카페를 개업하고 나서 사람이 북적이는 거 같다. 오늘 일을 쉬지만 평소 일을 하는 패턴에 적응이 되어 야행성에 적응이 된 대니얼은 카페 한구석에서 책을 읽고 있다. 본인이 하고 싶은 일과 현실에 대해 고민하고 남자친구와 다투었다. 앤은 오늘 디자인 회사에 계약직으로 일을 하게 되었다는 소식을 전했다. 그녀의 남자친구에 대해서 묻고 싶었지만, 묻지 않았다. 다만 언제가 꼭 찾아와서 이야기를 들려주었으면 좋겠다는 생각이 물씬 들었다. 어쩌면 나 또한 오드리처럼 이 카페에 방문하는 손님들의 이야기에 조금이나 귀를 기울이게 된 것 같다. 아리아는 골똘히 생각에 잠겼고, 오드리는 머릿속에서 스파크처럼 튀는 단어가 떠오르지 않아서 머릿속이 많이 복잡한 듯하였다. 오드리가 어떤 것을 표현하고 싶은지는 잘 모르겠지만 빨리 해결이 되었으면 좋겠다. 사람들 덕분에 카페에 온기가 가득 찼다. 오랜만에 사람들의 이야기를 들으면서 에스프레소를 마셨다.

온기가 가득한 카페에서 커피를 마시면 커피 특유의 쓸쓸한 맛이 향긋한 맛으로 바뀌어서 입안 가득 채운다. 오랜만에 커피에서 쓸쓸한 맛이 아닌 향긋한 맛을 느꼈다. 나에게도 오늘 기분이 좋은 날이다.

007

머칠 전 발생한 태풍으로 많은 이재민이 발생해서 학교 강당에 모여있다는 뉴스가 신문 1면에 실렸다. 이재민들은 정부에게 빠른 해결방안을 촉구하였다. 빠른 해결 방안이 나와서 이재민들이 각자의 집으로 돌아갔으면 하는 생각이 들었다.

오늘 날씨는 소나기가 내렸다. 소나기가 거세게 내렸다가 잠시 잠잠해졌다가 다시 거세게 내렸다. 정확히 언제였는지는 기억이 나지 않았지만 이틀 전에도 비가 거세게 내렸던 걸로 기억한다. 그때는 쉬지 않고 내렸던 것 같았다. 지금 중간중간 내리지 않았다. 그래도 비가 많이 내린다는 게 좀 걱정스러웠다.

비가 많이 내려서 가슴 한구석이 걱정되었지만, 한편으로는 이유 모를 설렘이 자리 잡았다. 원두의 냄새를 맡으면 오랫동안 알고 지낸 친구를 만나는 거 같다. 매일 만나지만, 언제나 설렌다. 원두를 어떻게 다루냐에 따라서 커피의 맛을 달라진다. 그렇기 때문에 섬세하게 다뤄야 한다. 이 원두로 만들어진 커피를 먹을 손님을 생각하며 만들다 보면 그거 나름대로 최고의 즐거움이다. 커피를 맛있게 마시는 손님들을 보는 것만으로도 행복하다. 오늘 이런저런 생각을 하면서 장사를 할 준비를 끝냈다. 마침 카페 문이 열리는 소리가 들려왔다. 테이크아웃을 하러 온 손님이었다. 캐주얼한 복장을 입고 있는 남자였다. 지인 혹은 직장 동료들과 문자를 주고 받고 있는 듯하였다. 문자를 보내기 위해서 그의 손가락이 움직이고 있었다. 나는 그에게 커피를 제조해서 주었다. 그는 핸드폰에서 눈을 떼지 않았다. 카페에서 나갈 때까지 핸드폰에서 눈을 떼지 않았다. 핸드폰으로 무엇을 보고 있는지 궁금해졌다. 테이크아웃을 한 남자 손님 이후에 몇몇의 테이크아웃하러 오는 손님을 제외하면, 여유로웠다. 밖에는 많은 사람들이 왔다 갔다 하였다. 소나기가 내리고 있어서 그런지 사람들의 걸음걸이는 빠르게 움직였다. 멍하니 창밖을 바라보며 사람들이 다닌 것을 보고 있었다. 얼마나 시간이 흘렀을까 카페 문이 열리는 소리가 들렸다.

"어서 오세요." 언제나 반가운 오드리였다. "반가워, 오늘도 여전하네."

"늘 그렇지 뭐, 오늘은 기분이 좋아 보이네. 오늘 좋은 일이 있어?"

"오늘 글을 나쁘지 않게 쓴 거 같아, 글을 쓴 걸 정리를 해야겠지만, 그래도 오늘 하루 종일 미친 듯이 써 내려갔어, 한번 읽어봐 줄래?"

"나는 언제든지 환영이지." 내 말이 끝나기 무섭지 않게 오드리는 가방에서 노트를 꺼냈다. 확실히 글을 쓴 양이 어마어마했다. 그 양을 보자마자 엄두가 나지 않았다. 필요 없는 부분을 지우고, 정리하는 데만 꼬박 하루가 걸릴 것 같았다.

"굉장히 많이 썼네, 무슨 신내림이라도 받았어?"

"음… 그렇다고 볼 수 있지, 그냥 미친 듯이 글을 쓰는 데 집중한 거 같아. 아니면 하고 싶은 말이 많아서 그런 거일 수도 있고. 게다가 내가 이 카페에 왔을 때 손님들이 한 말에 살을 붙이고 그러다 보면 정말 멈출 수가 없더라고."

"그래도 좋은 징조네, 다만 많은 수정이 필요할 거 같다."

"읽어보기 전에 혹시 '스페니쉬 사하라' 한 잔 줄 수 있을까? 오랜만에 마시고 싶네." 나는 고개를 끄덕이며 음료를 제조해서 오드리에게 주었다. 오드리는 음료 한 모금을 마시자 입을 열었다. "옛날에 마시던 맛하고는 약간 다르지만 그래도 괜찮네, 시간 될 때 내가 쓴 글도 읽어줘." 나는 고개를 끄덕이며 식기류를 정리하고 오드리가 준 공책을 읽어보았다. 그리고 이 부분을 고쳤으면 하는 부분을 표시하면서 알려 주었다. 오드리는 집중을 해서 들었다. 이해가 되지 않는 부분은 바로바로 나에게 물어보았다. 중간중간 테이크아웃을 하러 오는 손님이 있어 끊기긴 했지만, 오드리는 새 노트에 내가 피드백해 준 내용을 정리하고 있었다. 나는 남은 글을 읽어 내려갔다. 글은 괜찮았다. 가지만 잘 쳐내고 잘 다듬는다면 재미있는 글이 될 거 같았다. 글을 읽으면서 어떤 부분을 피드백해 줄지 고민하면서 읽는 데에 집중을 하였다. 그때 누군가가 테이블을 노크하였다. 엘리였다. "죄송합니다. 어떤 음료 드릴까요?" 깜짝 놀랐다. 내가 글을 읽는 데 집중하고 있어서 미처 엘리가 오는 소리를 듣지 못하였다.

"카푸치노 한 잔 주세요."

그의 말을 듣고 곧장 바로 음료를 만들었다. 잠시 카푸치노 레시피가 기억나지 않아서 멈칫하였다. 내 등 뒤에서 오드리의 목소리가 들려왔다.

"안녕하세요. 오랜만에 뵙는 거 같아요." 오드리답다는 생각이 들었다.

타인에게 말을 거는 것이 쉬운 일은 아니니까 말이다.

"안녕하세요." 엘리에게서는 짧은 대답만이 돌아왔다. 오드리도 어떻게 우물쭈물하다가 말을 하지 않았다.

"주문하신 카푸치노 나왔습니다."

"감사합니다." 엘리는 음료를 한 모금 마셨다. "음료가 괜찮네요." 나는 그저 '감사합니다.'라는 짧은 대답만을 하였다.

"혹시 실례가 안 된다면 그날 이후 제 여자친구가 이 카페에 온 적이 있었나요?"

나는 곰곰이 생각하다가 앤이 방문했었다고, 말했다. 많은 고민을 하였고, 마지막으로 방문했을 때가 어제였으며, 디자인 회사에 취업을 했다는 말했다. 엘리는 고개를 끄덕이는 것 이외에는 반응이 없었다. 많은 생각을 하고 있는 듯하였다.

"그래도 디자인 회사에 들어가서 다행이네요."

"무슨 일 있었나요?" 나는 물어보면 안 된다는 걸 알면서도 그에게 물어보았다.

"그날 앤하고 싸우고 나서 연락을 안 하고 있어요. 앤의 근황을 여기 와서 듣네요. 그날 그렇게 화를 내면 안 되는 거였는데 저도 모르게 그만 화를 냈어요." 조용히 그의 말을 들었다. "나는 그저 앤이 걱정이 되는 마음에서 그랬어요. 그림을 그리고 싶어 하는 마음은 잘 알지만, 그래도 돈을 벌어야 한다는 현실이 있잖아요."

"앤은 이해를 할 거예요. 모든 사람들이 그럴 거예요. 가족이나 연인 혹은 친구가 걱정이 되지만, 정작 표현하는 방법이 서툴러서 화를 내게 되거나 상대방이 오해를 하는 경우가 많을 거예요. 걱정하는 표현이 서툴다고 해서 주변의 사랑하는 사람이 미워서 그러는 건 아니니까요." 나는 최대한 머릿속에서 생각나는 단어들을 조합해서 말했다. 그리고 앤도 엘리를 걱정하고 있다는 걸 전해주고 싶었다. 엘리는 '앤도 이해해 주길 바라요'라는 말을 짤막하게 하였다. 나는 그저 고개를 끄덕이며 그럴 거라고 말했다. 엘리는 생각에 잠겨 있는 듯하였다. 나는 내가 할 일을 찾기 위해서 주방을 살펴보았다. 할 일은 딱히 없었다. 카페 안은 조용해졌다. 나는 오드리가 준 글을 마저 읽었다. 고쳤으면 하는 부분을 체크 하였다. 내가 글을 보면서 체크를 하고 있자 오드리는 테이블을 넘어올 기세로 내 쪽으로 몸을 내밀었다. 오드리는 빨리 보여 달라고 하였다. 나는 기다리라고 하였다. 오드리는 뾰로통한 표정을 지었다. 얼마나 오드리가 쓴 글을 읽었을까 카페의 문이 열리는 소리가 들렸다. 문의 종소리가 평소보다 밝게 들리는 듯하였다. 아가사였다. 전에 왔을 때는 많이 힘들어했지만, 오늘은 언제 그랬냐는 듯이 밝은 표정으로 인사하였다.

"안녕하세요. 아가사, 오늘은 어떤 음료 줄까요?"

"음… 글쎄요. 오늘 어떤 음료를 마실지 고민이 되네요. 이 카페의 음료 맛이 다 좋아서요." 아가사는 미간을 좁히면서 메뉴판을 바라보았다. "오늘은 왠지 부드러운 음료를 마시고 싶네요."

"그럼, 카페라떼 어떤가요?"아가사의 시선은 여전히 메뉴판을 향하고 있었다.

"좋아요. 카페라떼 한 잔 주세요." 아가사는 옅은 미소를 지었다. 나는 바로 주문을 행동으로 옮겼다. 카페라떼의 부드럽고, 따뜻한 느낌이 전해졌으면 하는 마음을 담아서 만들었다.

아가사는 음료를 받을 때 '감사합니다.'라고 말했다. 들었을 때 다른 어떤 말보다도 가장 뿌듯한 말이었다.

"요즘 일은 어때요?"

"늘 똑같아요. 아이들과 씨름을 하느라 시간을 보내죠, 서류도 작성을 해야 하는데 서류를 작성할 시간이 없어요." 아가사의 미간은 약간 좁혀졌다. "그래도 제가 해야만 하는 일이니 해야죠."

"그래도 일에 대해서 책임감이 있네요." 아가사는 수줍게 웃으며 그저 사회복지사로서 마땅히 해야 할 일을 하고 있을 뿐이라고 대답했다.

"그러고 보니 제가 이 카페하고 궁합이 잘 맞는 거 같아요."

"그게 무슨 말이에요?" 오드리가 물었다.

"인터넷에서 본 글인데 손님하고 카페가 궁합이 맞는 경우가 있대요. 그 글을 자세히 읽어보지는 않았지만, 갑자기 그게 머릿속에서 떠올랐어요."

"그 말을 들으니 기분이 좋네요." 마음 한구석에서 몽글몽글한 기분이 들었다.

"밝은 성격을 가진 아가사군요." 옆에 앉아 있었던 엘리가 입을 열었다. 아가사는 밝게 미소를 지었다.

"이 카페를 오면 마음이 편해져요. 당신은 아닌가요? 아 그리고 저는 아가사라고 합니다. 반가워요."

"저는 엘리입니다." 엘리는 카푸치노를 한 모금 마셨다. "마음이 편해지는 건 잘 모르겠어요. 그래도 분위기는 괜찮은 것 같아요." 아가사는 미소를 지으면서 분위기도 좋다며 짤막하게 말했다. 그 뒤로 대화가 이어지지는 않았다.

"그러고 보니 오드리 양, 글을 쓰고 있다고 하지 않았나요?" 대니얼이 오드리에게 질문을 하였다.

"맞아요. 혹시 어느 정도를 쓰셨나요?" 아가사도 대니얼에 이어서 질문을 해서 그런지 이목은 어느새 오드리에게 집중되었다. 오드리는 나에게 도움을 보내는 눈빛을 보냈다. "지금 글을 쓰고 있어요. 출판사 직원한테 피드백을 받고 있거든요." 오드리는 차를 한 모금 마셨다. "피드백을 받아도, 어떻게 해야 할지는 잘 모르겠어요. 피드백을 메모해서 최대한 피드백을 참고해서 글을 써보려고 하고 있어요." 오드리는 어찌 할 바를 모르는 표정을 지으며, 완성이 되면 보여주겠다고 말했다.

"기대가 돼요. 완성이 되면 꼭 보여주세요." 아가사의 말에 오드리는 약속을 하겠다며 고개를 끄덕였다.

짧은 대화를 마치고, 오드리는 공책에 있는 내용을 랩탑에 타이밍을 하고 있었다. 이어폰을 끼고 있었는데 얼마나 크게 틀어 놓았는지 오드리가 듣고 있는 노래가 나에게까지 들렸다. '아델'의 노래였다. 하지만 노래 제목은 기억나지 않았다.

아가사를 포함한 다른 사람들은 핸드폰만 바라보고 있었다. 카페 안에 따뜻함과 정적이 흘렀다. 중간에 아리아가 방문을 하였다. 에스프레소 한 잔을 주문해서 오드리와 대화를 하였다. 책에 대한 이야기인 듯하였다.

나는 손님이 오지 않을 때 계속해서 오드리가 준 공책을 읽었다. 내용은 재미있고, 괜찮았다. 하지만 주인공과 등장인물의 감정 그리고 생각에만 3페이지 이상을 할양하는 건 너무나도 많은 양이었다. 내 의견을 메모해 두었다. 정리해서 오드리에게 전해줘야겠다.

"저 혹시 음료를 한 잔 더 주실 수 있을까요?" 엘리는 작은 목소리로 나에게 말을 건네왔다. "어떤 음료를 드릴까요?"

"카페라떼 한 잔 주세요." 나는 곧바로 카페라떼를 제조해서 엘리에게 전해주었다.

엘리는 자리 앉아서 핸드폰만을 바라보고 있었다. 아가사는 창가만을 바라보았다. 아리아와 오드리는 열띤 대화를 하는 듯하였다.

중간중간에 손님들이 왔다, 대다수의 손님들은 매우 바빠 보였다. 손가락이 바쁘게 휴대폰 화면으로 향했다. 시계를 지속적으로 확인하는 손님도 있었다. 혹은 커피를 기다리는 동안 창밖을 바라보고 있는 손님도 있었다. 많은 손님들이 다녀가자 내 머릿속이 새하얗게 된 거 같았다.

"오늘은 바빠 보이네요."

"그러게요. 오늘은 정신이 없네요." 아가사의 입 주변에 약간의 커피가 묻어 있었다. 크게 신경이 쓰이는 편이 아니라서 아무 말은 하지 않았다.

"그래도 사람들이 많이 온다는 건 좋은 거예요." 말이 끝나자 아가사는 주변의 사람들을 살폈다. "혹시, 카페라떼 한 잔 더 주실 수 있을까요?" 곧바로 제조를 해서 아가사에게 주었다. "따뜻하네요. 몸이 따뜻해져요."

"커피를 좋아하시나 봐요?" 엘리의 작은 목소리가 들려왔다.

"커피를 좋아해요. 마시면서 여유를 즐길 수 있잖아요. 물론 일을 하면서 졸음을 쫓기 위해서 커피를 마시는 경우가 많지만요."

"대부분 그렇긴 하죠, 커피를 마시면서 여유를 즐기고 싶지만 대다수의 사람들은 그 여유를 즐길 수가 없죠."

"오늘 무슨 안 좋은. 일 있으세요? 힘이 없어 보여요."

"아니요. 저는 괜찮아요. 그냥 약간 피곤할 뿐이에요. 이 찻잔을 비우면 집에 가서 쉬어야죠." 아가사는 뻘쭘한 듯 고개를 끄덕이고 나를 바라보았다. 나는 그냥 어깨를 으쓱하며 아무 말도 하지 않았다. 밖의 날씨는 여전히 소나기가 내리면서 창문을 두드리고 있었다. 소나기가 내려서 인지 카페 안의 소리가 울려서 들렸다. 방음부스가 이런 느낌일 거 같았다. 엘리는 조용히 자리에서 일어나 카페를 나섰다. 인사를 하였지만, 냉랭하게 나섰다.

"소심하고, 말수가 적은 사람인 게 분명해요. 그렇게 나쁜 사람은 아닐 거예요. 그리고 보니 그 공책들은 뭔가요?" 아가사의 시선은 공책에 꽂혔다.

"친구가 쓰고 있는 글인데 피드백을 부탁해서요. 그래서 한번 읽어보고 있어요."

"정말요? 어떤 내용인지 물어봐도 될까요?"

나는 그냥 평범한 사람들의 일상인 것 같다고 둘러대어 버렸다. 우리 카페의 손님들의 이야기라고 말할 수는 없겠지.

"혹시 오드리 씨가 쓴 글인가요?" 나는 조용히 고개를 끄덕였다. 아가사는 매우 궁금하다는 듯 큰 눈망울을 반짝이며 나를 바라보았다. 나는 매우 곤란한 표정을 지으며 보여주기는 어렵다고 말했다.

"생각해 보니 그러네요. 글이 아직 완성되지 않았는데 누군가가 읽는다면 제임스의 말처럼 많이 부끄러울 거예요." 나는 고개를 끄덕이며 이해해줘서 고맙다는 말을 덧붙였다. 아리아와 오드리가 이야기를 나누는 소리가 들리지 않았다. 아리아는 핸드폰을 확인하고 있었고, 오드리는 랩탑 자판을 두드리고 있었다. 꼭 오케스트라의 피아니스트가 연주를 하는 소리처럼 들렸다. 오드리가 글을 잘 써 내려가는 모습을 보니 친구로서 기분이 좋았다. 아가사는 나에게 일을 하면서 힘들었던 점이라든지, 뿌듯했던 점을 이야기해 주었다. 아가사의 이야기를 들으면서 여러 가지 감정이 다가왔다. 뿌듯함, 안타까움, 기쁨 등등 여러 가지 감정을 간접적으로나마 느낄 수 있었다. 한편으로는 내가 해보지 못한 직업인데도 마치 내가 그 직업을 가진 사람인 것처럼 경험하는 기분이었다. 아가사와 이야기를 나누다 보니 어느덧 시간이 밤 11시 30분을 가리켰다. 아리아와 오드리, 그리고 아가사까지 모두 카페를 나섰다.

마지막 손님이 나갔을 때 카페 안에 있었던 온기가 사라져서 약간의 공허가 이 카페를 감싸고 있지만, 그 느낌도 나쁘지 않았다. 나 또한 내일을 위해서 청소를 하고 카페를 나섰다.

008

오늘 신문에 미국과 중국의 무역 경쟁으로 인해서 산업의 주요 원자재 가격에 많은 변동이 생겨서 원자재를 수입해 가공을 해서 수익을 창출하는 회사들의 피해가 크다는 기사가 1면에 실렸다. 두 강대국이 움직이다 보니 당연한 결과라는 생각이 들었다. 동맹국과 주변 국가들에게 직간접적인 영향을 줄 수 있는 두 국가의 싸움이니 말이다. 개인적으로는 원만하게 해결이 되었으면 좋겠다.

오늘 날씨는 맑았다. 개인적으로 매우 만족했다. 비는 물론이고, 우중충하게 날씨가 흐리지도 않았다. 매우 좋은 날씨였다. 오늘 같은 날씨만 계속 이어졌으면 좋겠다는 작으나마 소망을 가지게 되었다. 낮에 공원에서 산책을 하다가 꽃집에서 산 꽃을 물병에 담아 작은 탁자 위에 올려 두었다. 꽃을 올려두니 카페에 약간의 활기가 도는 듯하였다. 카페의 온도가 순간적으로 변하는 느낌이 들었다. 크리스토퍼였다. 전에 왔을 때와 다르게 오늘은 피곤해 보이지 않았다.

"안녕하세요." 크리스토퍼는 손을 약간 흔들었다.

"녹차라떼 한 잔 주세요." 주문이 끝나기 무섭게 바로 랩탑을 꺼냈다.

"아직 많은 과제가 남아 있나요?" 주문한 음료를 내밀면서 말을 걸었다.

"아니요, 과제는 끝냈어요. 지금 하고 있는 건 한번 제가 만들어 보고 싶은 게 있는데 그걸 한번 만들어 보려고요."

"어떤 걸 만들고 있어요?"

"근사한 건 아니에요. 개인적으로 게임을 좋아해서, 간단하게 게임을 만들어 보려고요. 마침 프로그래밍도 할 수 있고요."

"생각해둔 게임이라도 있을까요?"

"글쎄요, 아직은 RPG 정도만 생각하고 있어요. 프로그래밍은 할 수 있지만, 그림이랑 스토리텔링 쪽은 완전 까막눈이예요. 특히 스토리텔링 쪽으로는 전혀 정리를 하지 못해서 중구난방으로 되더라고요." 나는 크리스토퍼를 멍하니 바라보았다. 그의 말을 이해해 보려고, 노력했다. "아, 저는 프로그래밍은 가능해요. 하지만, 그림을 그리는 실력이나 이야기를 써서 생명력을 넣어주어야 하는데 제가 그림하고, 스토리에는 전혀 소질이 없어서 그런지 제가 만든 게임에 생명력을 넣지 못해요. 왠지 딱딱하고, 차가워요." 나는 크리스토퍼를 유심히 바라보았다.

"제가 제대로 이해한 것인지는 모르겠지만, 왠지 크리스토퍼 당신의 이야기를 들어 보니까 제 머릿속에는 로봇이 그려지는 것 같아요. 사람이랑 비슷하지만, 따뜻한 느낌이 없는 것처럼요."

"이해하신 방식이 특이하지만 그래도 제가 말하려고 하는 부분을 이해하신 거 같아요." 크리스토퍼는 멋쩍게 미소를 지었다. "게임을 제작할 때 코딩만이 게임에 생명력을 불어넣은 줄 알았어요. 대학교에 컴퓨터 공학을 진학하고, 조금씩 배워나가면서 코딩이 게임의 전부가 아니라는 걸 배웠어요. 메신저나 웹사이트 제작은 코드를 얼마나 잘 작성하거나 보안을 설정하는 게 중요하지만, 게임은 그게 다가 아닌 거 같아요. 모든 게 중요한 거 같아요." "새로운 세계와 캐릭터를 만드는 과정이니까요. 그래도 게임에서 프로그래밍도 중요하죠. 3가지가 다 있어야지만 게임이 완성이 되잖아요."

"고마워요. 제임스 씨. 일단 저는 코드만 작성해 봐야 할 거 같아요. 지금 제가 할 수 있는 건 코드 작성 이외에는 없으니까요. 기회가 된다면 그림을 그릴 수 있는 사람이 저의 게임을 시각과 해주고, 스토리텔링을 하실 수 있는 사람이 저의 게임에 생명을 불어넣어 주었으면 좋겠어요."

"마치, 새로운 세계를 창조하는 것 같군요."

"그런가요? 어떻게 생각해 보면 세계를 창조하는 것일 수 있겠네요. 어쩌면 그런 면에서 저에게는 무엇인가를 창조할 소질이 없나 보네요. 설계를 통해 뼈대는 만들 수 있지만, 그 뼈대에 살을 붙이지 못하고, 생명력을 불어넣지 못하니까요. 그래서 창조에는 소질이 없는 거죠." 나는 고개를 끄덕였다.

"뜬금없는 질문이지만, 게임을 좋아하시나요?" 나는 그의 질문에 곰곰이 생각해 보았다. "게임을 좋아하기는 해요. 하지만 직접 플레이하는 것보다. 유튜브에서 게임 잘하는 사람들의 영상을 보는 것을 좋아해요. 물론, 종종 게임을 플레이하긴 하지만요." "그렇군요. 게임을 직접 플레이하는 것보다. 잘하는 사람들의 영상을 보는 것을 좋아하는 사람들도 있더라고요. 당신도 그런 케이스군요. 게임을 플레이하실 때 어떤 게임을 플레이하시나요?"

"저는 주로 전략 시뮬레이션 게임을 좋아합니다. RTS 장르라고도 부르는 거 같더라고요. 크리스토퍼의 눈에서 빛이 났다. 그는 나에게 질문 폭격을 하였다. 본인도 한때 RTS 장르를 즐겼다면서 어떤 전략을 자주 사용했는지, 어떤 맵을 좋아하는지 등등 여러 가지 질문을 하였다. 나는 그의 질문에 차근차근 답변하였다. 그 이외에도 좋아하는 프로게이머가 있는지, 최근에 개최된 대회의 결승전을 시청했었는지 등등 여러 가지 질문을 하였다. "정말 게임에 관심이 많군요."

"어쩌면 자연스러운 거 같아요. 게임을 좋아하다 보니 자연스럽게 게임을 구성하고 있는 요소에도 관심을 가졌거든요. 그래서 게임 이야기가 나오면 저도 모르게 흥분을 하는 거 같아요." 크리스토퍼는 음료를 한 모금 마셨다. "저 때문에 지루했다면 죄송합니다." "아니에요. 저도 오히려 즐거웠어요."

그 뒤로는 컴퓨터 공학을 공부하면서 어려웠던 부분들을 이야기했다. 많은 기대를 품고 입학을 했지만 정작 많은 부분들이 본인의 생각과는 달라서 실망을 했었다고 하였다. 여러 가지 이야기를 하였다. 많은 부분들이 기억이 나지 않지만, 크리스토퍼가 지금 배우고 있는 학과 공부와 일은 정말 좋아한다는 게 느껴졌다. 그가 쓴 코드를 보았지만 내가 할 수 있는 건 감탄 이외에는 없었다. 그 수많은 코드를 이해하지는 못하였다.

코드들이 어떻게 작동을 하는지 머릿속에 전혀 그려지지가 않았다. 내가 하지 못하는 것을 해서 그런지 그가 대단하게 느껴졌다.

"이 코드들을 모두 이해하고 있는 건가요?"

"네, 코드들을 보면 머릿속에서 그려져요. 하지만 코드를 입력한 프로그램에서는 오류가 없다고 나오지만, 막상 게임에 적용했을 때 오류가 생겼을 때가 제일 어려워요."

그의 말이 이해가 되지 않았다. 코드를 입력하는 프로그램에서는 문제가 없지만, 게임에 적용했을 때 오류가 생긴다는 말이 전혀 이해할 수가 없었다. 나의 표정을 보고 크리스토퍼는 어떻게 설명을 해야 할지 고민을 하는 듯했다. 그의 표정에서 느껴졌다. 나한테 어떻게 설명할 방법을 찾지 못해서 미안하다고 말했다. 나는 다음에 알려 달라고 하였다.

"근데 어떤 계기로 밤에만 카페 문을 열게 된 거예요? 물론 밤늦게까지 작업을 하는 제 입장에서는 좋지만, 보통 카페는 낮부터 저녁까지만 영업을 해야 그래도 수익이 많이 발생하지 않나요? 보통 사람들은 낮에 카페를 많이 이용하니까요?"

"글쎄요. 밤에 분위기가 더 좋잖아요. 그리고 밤에 사람들에게 쉴 수 있는 공간이 있었으면 좋겠다는 생각이 들기도 하고요." 크리스토퍼는 이해하기 어렵다는 표정이었다. 나는 그가 이해하지 못하는 심정을 충분히 이해하였다.

"무슨 이야기 하고 있었어?" 어느 틈에 들어와서 테이블에 앉았다. "안녕하세요. 뭐 하고 있었어요?"

크리스토퍼는 카페에 오고 나서 나와 나눈 대화를 전해주었다. 오드리는 나와 크리스토퍼를 번갈아 가면서 바라보았다.

"그럼 내내 그 이야기를 나눈 거야?" 오드리는 나를 빤히 바라보았다.

"진저라떼 한 잔 줘." 왠지 모르게 기분이 찝찝 했다.

"그러고, 보니 내가 쓴 글은 읽었어?"

"아 아직 다 읽어보지는 못했어, 읽어본 데까지 피드백을 적어 두었는데 원한다면 보여줄 수 있어."

오드리는 고개를 끄덕였다. 오드리는 내가 건넨 피드백을 집중해서 읽어보았다. 한편으로는 기분 나빠하지 않을까 하는 생각이 들었다.

"확실히 네가 해준 피드백에는 잘라내야 할 부분이 많이 있다는 거네." 오드리의 미간이 좁아져 있었다.

"정확히 말하면 너무 설명을 거창하게 한다는 거야. 예를 들어 '언덕 위에 덩그러니 혼자 있는 나무가 외로워 보였다.'라고만 해도 되는데 너는 그 부분을 한 페이지를 통틀어서 설명을 하고 있어. 너무 군더더기가 많아." 오드리는 피드백을 해줘서 고맙다고 이야기했다. "그러고 보니 너 이야기도 해 줄 수 있어?" 오드리에게 질문을 받았을 때 내 머릿속은 새하얀 백지로 변했다.

"내 이야기?"

"응, 생각해 보면 나는 몇 달 전에 이 카페가 개업했을 때부터 와서 너한테 이런저런 고민도 털어놓고, 일상적인 이야기를 한 것 같은데 곰곰이 생각해 보니까 너에 대한 이야기를 들어본 적이 없는 것 같아."

오드리의 말이 맞았다. 그 누구에게도 나의 이야기를 털어놓은 적이 없었다. 무슨 이유에서인지는 몰라도 나에 대한 이야기를 털어놓지 못했다.

"어때, 너에 대한 이야기를 말해줄 수 있어?"

"글쎄 어디서부터 어떻게 시작을 해야 할지 모르겠네." 오드리는 미소를 지으며 '시작은 늘 어렵지'라고 말하였다.

"첫 번째, 사람은 맞지?" 그 말을 듣자 실소가 나왔다.

"당연하지, 그냥 나는 작은 카페의 바리스타야. 그 이외에는 없어"몇 달 동안 오드리와 많은 이야기를 나눠서 오드리와는 친해졌다고 생각했지만, 내 이야기는 전혀 하지 않았다. "그래도 나한테만 이야기를 해보는 게 어때?" 나는 고개를 끄덕였다.

"일단 나는 범죄자가 아니야. 그냥 평범하게 서점에서 아르바이트하면서 지냈어." 나는 곰곰이 생각에 잠겼다. 돌이켜 보니 나는 학창 시절부터 꿈이 없었다. 그저 주어진 상황에 만족하면서 지내왔다. 특별한 취미도 없었다. 학창 시절에는 공부를 하라고 하니 공부를 했다. 주변 어른들은 모범생이라고 말을 했지만, 그렇게 특별한 성취감은 없었다. 대학교 진학을 포기하고 이런저런 아르바이트를 전전하였다고 말했다. 오드리의 표정은 약간 이해할 수 없다는 표정을 지었다.

"역시 사람은 겉모습만 보고 판단을 하면 안 되나 봐, 처음에 너를 봤을 때 여유가 많을 거라고 생각했거든. 밤에 카페를 오픈하니까 말이야. 그래서 밤에 카페를 열게 된 이유는 뭐야? 목표 없이 이런저런 일을 하고 다녔으면 괜찮은 직장을 잡아야겠다는 생각이 들었을 수도 있잖아."

"그냥 특별한 이유는 없어, 추운 밤에 쉴 곳이 있으면 어떨까 하는 생각이 들었거든, 아르바이트가 끝난 저녁의 집에 혼자 있거나 거리를 거닐다 보면 쓸쓸했거든"

"아, 그 느낌 뭔지 알지." 오드리는 천천히 고개를 끄덕였다. "그러면 목표는 이룬 것 같아?"

"아직은 잘 모르겠어, 손님들이 판단하지 않을까? 이 카페가 각자 어떤 의미인지 말이야. 나는 손님들에게 늦은 저녁에 쉬어갈 곳을 제공하겠다는 생각을 가지고 카페를 운영하고 있지만, 막상 손님들은 그렇게 생각할 수도 있고, 그렇지 않을 수도 있으니 말이야. 지금 당장 내가 할 일은 묵묵히 이 자리를 지키는 게 내 일 같아."

"왠지 이상하지만, 철학적으로 들리네." 오드리가 음료를 한 모금 마셨다. "그래도 무엇인가 하고 싶은 일이 없다는 것에 아쉽다는 생각은 해 본 적 없어? 다른 사람들은 꿈 또는 목표를 향해 나아가고 있잖아." 나는 곰곰이 생각을 해 보았다. 그녀의 말은 틀린 게 아니었다. 대다수의 사람들은 목표를 가지고 나아가고 있으니 말이다.

"그 생각은 안 해 본 건 아니지. 다른 사람들은 한 발짝씩 나아가고 있는데 나는 아무것도 이룬 게 없다는 게 계속 제자리에 서 있는 듯하니 말이야. 그럴수록 시간이 촉박하게 느껴지고 말이야." 나의 시선은 창밖을 바라보았다. 오늘은 비가 오지 않고 맑은 밤의 달의 냉기가 느껴졌다. "어쩌면 이 카페를 차린 것도 도망친 것일 수도 있어, 지금 이 순간에 안주하고 있는 것일 수 있지." 오드리는 천천히 고개를 끄덕였다.

"그래도 덕분에 내가 글을 쓸 수 있는 공간이 생겼네."

"내 카페의 첫 단골 손님이긴 하지." 생각해 보면 오드리에게 고맙게 느껴졌다. 며칠 동안 손님이 없었을 때 처음으로 온 손님이자 단골 손님이었다. 처음 보자마자 본인에 대해서 말을 하면서 자주 방문하였다. 거의 매일 방문하다시피 온다.

"나로서는 내 이야기를 들어주는 사람이 생겨서 좋은 거 같아. 음료 맛도 괜찮고 말이야." 오드리가 음료를 마시는 소리가 들렸다. "지금은 무언가 찾은 것 같아?" 어려운 질문이다. 어렵다 못해 매우 당혹스럽게 다가왔다.

"글쎄, 찾은 것 같지만, 아직은 찾지 못한 것 같아."잠시 생각에 잠겼다. "어쩌면 내가 살아가는 동안 정답을 찾기 위해 발버둥을 칠지도 모르는 일이지. 때로는 소설 혹은 영화 속 주인공들이 부러워, 역경이 있고, 정답을 못 찾을 때도 있지만, 결국은 정답을 찾아낸다는 게 말이야. 나는 아직 정답을 찾지 못했는데 말이지."

"그래서, 소설이나 영화 속 주인공들은 부러워해 본 적 있어?" 나는 고개를 끄덕이며, '그들은 언제나 정답을 찾아가잖아.'라고 말을 덧붙였다.

"안정적인 직장을 구하고 싶은 생각은 없었어? 다른 사람들은 안정적인 직장을 구하고 그러잖아."

"물론 그 생각을 하지, 안정적인 직장을 구하고, 화목한 가정을 꾸리면 좋겠다는 꿈을 꾸지. 하지만 그건 내게는 멀게만 느껴져. 안정적인 직장과 가정을 가지게 되었을 때 그걸 잃게 될 것 같은 느낌이 들어서 말이야."

"그건 그냥 막연한 느낌 아니야? 아직 시도해 보지는 않았잖아."나는 고개만 끄덕였다. "기분 나빴다면, 미안."

"괜찮아, 내가 걱정돼서 한 말이었을 텐데 너 말이 틀린 것도 아니고 말이야. 어쩌면 시도를 하는 게 겁이 났을 수도 있어."

"솔직해서 좋네."

"다른 사람한테는 말하지 마, 괜히 부끄럽잖아."

"그래도 나한텐 말해줘서 고마워." 나는 어색함을 이기지 못해 소매를 만지작거렸다. "그러고 보니 너에 대해서 누군가에게 말한 적이 있어?" 나는 고개를 저었다. 이렇게 길게 나에 대해서 말을 해 본 건 처음이었다. 오드리는 '영광이네.'라고 말했다.

"이제 글을 써야하는 거 아니야?" 괜히 부끄러워졌다. "알았어, 블랙커피 한 잔 테이크아웃 해줘."

"어? 오늘은 카페에서는 작업을 안 하는 거야?" 나는 깜짝 놀랐다.

"응, 오늘은 집에서 작업하려고. 집에 들어가는 길에 겸사겸사 산책을 할 생각이야." 나는 알았다고 말을 하고 커피 한 잔을 오드리에게 주었다.

오드리는 커피를 받고 '오늘 즐거웠어, 또 올게.'라는 말과 함께 카페를 나섰다. 오드리가 카페를 나서자 카페에 정적이 흘렀다. 오드리가 나서고 나서 나는 식기류들을 정리하였다. 늘 정리를 하지만 어딘가 모르게 아쉬운 부분이 느껴진다.

카페에 앉아 멍하니 시간을 보낼 때 대니얼이 왔다. 쉬는 시간이어서 잠깐 들렀다고 하였다. 총 4잔의 커피를 테이크아웃 해갔다. '다음에 또 올게요!' 우렁찬 목소리로 인사를 하면서 카페를 나섰다. 그 뒤로 몇몇 손님이 테이크아웃하거나 카페에 앉아 창밖을 바라보는 손님도 있었다.

약간 술을 마시고 와서 신세 한탄을 하는 손님도 있었다. 신세 한탄을 하는 건 상관이 없었지만, 그 손님이 입을 열 때마다 술의 알코올 냄새가 내 코를 자극하였다. 술을 마시지 않았지만, 그 손님 덕분에 나도 같이 취하는 느낌이 들었다. 시간이 얼마나 흘렀는지는 모르겠지만, 그 손님을 달래서 돌려보냈다. 술에 취한 사람들을 달래서 돌려보내는 게 가장 어려운 거 같다. 약간 기가 빨리는 듯한 느낌이 든다.

카페의 뒷정리를 하고, 집에 들어갔다. 집에 들어가는 길에 가로등 불빛이 깜빡였다. 가로등 불빛이 깜빡거릴 때마다 전등이 깜빡이는 소리가 들렸다. 숨을 크게 들이마신 뒤 다시 집을 향해 걸어갔다.

009

오드리 (1)

　눈을 떠보니 시계는 아침 11시 30분을 넘어가고 있었다. 침대에 누워 멍하니 천장을 바라보다, 오늘도 글을 써 내려가야 한다는 생각에 약간의 두통이 밀려왔다. 물론 내가 좋아해서 하는 일이긴 하지만, 제임스의 말처럼 어떻게 가지치기를 해야 할지 전혀 갈피를 잡지 못하고 있다. 아리아도 나한테 가지치기를 했으면 좋겠다는 말을 했었던 거 같다. 포기하고 싶다는 생각이 문득문득 나에게 노크를 한다. 지금 당장 내가 할 수 있는 행동은 멍하니 천장을 바라보는 일 이외에는 없었다. 일어나서 늦은 아침이라도 먹어야겠다는 생각이 들었지만, 몸이 무거운 듯 침대에 붙어 있었다. 조금 더 침대에 누워있다가 일어나서 간단하게 아침을 먹었다. 그리고 하루를 시작하기 위해 랩탑을 켰다.

010

오늘 신문에는 태풍 피해를 본 이재민들에게 보상안이 결정되었지만, 이재민들은 보상안이 터무니없다며, 불만을 표출하였다. 정부의 보상안이 이재민들이 만족하지 못할 정도였나 보다. 정부와 잘 타협이 되어서 각자의 보금자리로 돌아갔으면 좋겠다.

카페에 들어왔을 때 평소와 다르게 냉기가 카페 안에 맴돌았다. 카페 안에 이것저것을 살피면서 움직이다 보니, 좀 전까지 있었던 냉기는 조금씩 사라지면서 카페 안에는 온기가 조금씩 채워져 갔다.

카페를 오픈하고 나서 손님들이 조금씩 방문하였다. 평소처럼 테이크 아웃을 해가는 손님과 카페에서 시간을 보내려고 온 손님도 있었다. 일행과 함께 온 손님들은 일행과 함께 이야기를 나누었고, 혼자 온 손님들은 창밖을 바라보거나 핸드폰을 보고 있었다.

사람들이 핸드폰으로 보는 내용 혹은 일행과 나누는 내용은 다를지라도 카페에 와서 행하는 행동들은 비슷하게 보였다. 처음 몇몇의 손님이 없었을 때는 손님들이 나누는 대화 소리가 잘 들렸다. 하지만 점차 손님들이 늘어나면서 손님들의 대화 소리는 들리지 않았다. 오히려 많은 대화 소리가 들려서 내용들을 전혀 알 수가 없었다. 어느 순간부터 1시간에서 2시간 정도는 손님들을 받아서, 정신없이 시간을 보내는 것 같다.

"손님들이 많이 있네요. 전에 왔을 때는 손님들이 적었던 거 같은데 말이죠."

"어, 안녕하세요. 앤, 왔는지 몰랐네요."

"손님이 많이 있을 때 와서 제가 왔는지 몰랐을 거예요. 손님 응대하고, 음료 제조하느라 정신없이 움직이더라고요."

"그러게요. 오늘 정말 정신이 없더라고요." 이제야 한숨을 돌릴 수 있겠구나 하는 생각이 들었다.

"어떻게 보면 정신없이 바쁜 게 좋을 수도 있어요. 바쁘게 지내면, 여러 가지 잡생각이 사라지더라고요." 앤은 미소를 지었다.

나는 간단하게 안부를 물었다. 앤은 직장에 적응하기 위해서 부단히 노력을 하고 있다고 하였다. 다른 사람들과 어울리는 게 어색해서 굉장히 힘들다고 이야기했다. "사람들과 어울리는 부분은 굉장히 어려울 것 같아요." 나는 고개를 끄덕였다.

"네, 제가 예민한 것일 수도 있지만, 제가 말 한마디 하는 게 굉장히 조심스럽고, 같이 일하는 직원분이 작은 짜증을 내거나 화를 내면 굉장히 눈치가 보여요. 그리고 사람들에게 어떻게 다가가야 할지도 고민이고요." 앤은 크게 한숨을 내쉬었다.

"같이 일하는 회사 직원분들하고는 주로 어떤 이야기를 나누나요?"

"그냥 일과 관련된 대화 이외에는 아무런 대화를 나누지 않아요. 제가 사람들에게 잘 다가가지 못해서 그런 거 같아요. 저를 제외한 회사 직원분들은 친한 거 같은데 저는 그 그룹에 다가가지 못하고 있었어요."

"어쩌면 그런 생각이 드는 게 당연한 거 아닐까요?" 앤은 내 말을 이해하지 못했다는 표정이었다. "앤은 지극히 정상적 정상이라고 생각해요. 단지 생각을 조금 바꾸면 괜찮아질 거예요. 당연히 앤 입장에서는 회사 동료들은 친하게 지내고 있는데 그 무리에 들어가지 못해서 불안하고, 눈치가 보이는 건 당연해요. 근데, 그 동료분들은 앤이 회사에 입사하기 전에 이미 친해져 있는 상태였잖아요. 그러니 너무 본인은 극단적으로 몰아넣지 않고, 한번 긍정적으로 생각해봐요. 회사에서 일을 하다 보면 친해질 기회가 있을 거예요."

"고마워요. 당신의 말을 들으니 당신의 말이 맞는 거 같아요. 회사생활이 처음이다 보니 모든 게 낯설어요. 이럴 줄 알았으면 아르바이트라도 해 보면서 사람들하고 어울려 볼 걸 그랬나 봐요." 앤의 표정은 확실히 처음 왔을 때보다. 밝아졌다.

"카페라떼 한 잔 주시겠어요? 커피가 다 떨어졌네요."

나는 금방 주겠다고 말한 뒤에 커피를 제조하였다. 커피를 제조하면서 왠지 모르게 기분이 좋았다. 앤이 점차 바뀌는 모습이어서 그런지 표정이 밝아졌다. 그래도 계속 고민을 하고 어떻게 하면 좋을지 생각을 하고 있다는 게 긍정적으로 보였다.

"커피가 맛있네요." 앤은 커피를 받자마자 바로 한 모금 마셨다. "어떻게 커피를 맛있게 내리나요? 방법 좀 알려주세요."

나는 특별한 방법은 없다고 하였다. 나도 내가 배운 대로 커피를 내리는 거라 특별한 방법에 대해서는 잘 모른다고 답하였다. 앤은 진지한 표정으로 내가 커피를 내리는 방법에 무엇인가 특별한 방법이 있을 거라 말했다. 여기서 먹은 카페와 본인이 핸드메이드로 내리는 커피의 원두 차이는 없는거 같은데 본인이 내린 커피에서는 깊은 맛이 나지 않는다고 하였다. 연구를 많이 해 봐야겠다는 말도 덧붙였다. 나는 고개를 끄덕이며 그녀의 말에 동의 했다.

"혹시, 엘리가 온 적이 있을까요? 그때 이 카페에서 그 일이 있고 나서 연락을 해 보지 못하고 있어요."

"나흘 전에 온 적은 있어요." 그와 나눴던 대화를 어떻게 말을 해줘야 할지 고민이 되었다.

"엘리도 당신을 많이 걱정했어요. 단지, 표현을 잘 하지 못해서 그런 것일 수도 있어요."

"사실, 3~4일 전에 연락이 왔어요. 여기서 만나자는 내용의 문자였어요."

"그래서 뭐라고 답했나요?"

"답장은 하지 않았어요. 어떻게 답을 해야 할지도 모르겠고, 만나서도 어떤 말을 해야 할지도 잘 모르겠어요."

나 또한 그녀에게 어떤 말을 해야 할지 잘 모르겠다. 내가 할 수 있는 말이 뭐가 있을지 가만히 생각했다. 하지만 마땅히 어떤 말을 해야 할지 떠오르지 않았다. 그녀는 찻잔만 만지작거렸다.

"일단, 저는 일에만 집중을 해야겠어요." 앤은 숨을 크게 들이마시고 내 쉬었다. "혹시, 직장 생활을 해 보신 적이 있으신가요?"

"아니요. 저는 몇몇 아르바이트를 전전해본 것 이외에는 없어요. 비록 아르바이트일지라도 열심히 배우고 집중하면 좋은 거 같아요."나는 곰곰이 아르바이트했던 때를 돌이켜 보았다. "저도 돌이켜 보면, 각기 다른 아르바이트의 경험일지라도 각각의 아르바이트에서 겪었던 경험들이 다른 일들을 할때 도움이 많이 되더라고요. 앤은 그림을 그리고 있으니 그 안에서 무엇인가 좋은 경험이 쌓여 있을 거예요. 그리고 사람들과 관계는 너무 신경쓰지 마요. 점차 나아질 거예요."

"고마워요. 제 이야기가 그렇게 밝은 이야기도 아닌데 들어주어서 고마워요." 고맙다는 말에는 언제나 어색하면서도, 따뜻함이 느껴지는 말인 거 같다.

"무슨 이야기를 재미있게 해요?" 아리아였다. 늘 드는 생각이지만, 아리아의 목소리는 늘 나른나른한 느낌이다.

"어서 오세요. 오늘도 오드리와 약속을 하였나요?" "아니요. 오늘은 커피 한잔하러 왔어요."

"그럼 어떤 음료를 드릴까요?"

"카페라떼 한 잔 주세요."

"여기 카페라떼 한 잔 나왔습니다."

아리아는 커피 한 잔을 마시면서 맛이 좋다고 말을 해 주었다. 언제 들어도 어색하지만, 기분 좋은 말이다.

"그리고 보니 두 분 무슨 이야기 하고 있었어요?" 앤과 나는 잠시 눈을 마주쳤다. "둘만의 비밀 이야기라는 거예요?" 아리아는 웃으면서 말하기 싫으면 말하지 않아도 된다고 했다.

앤은 회사 생활에 대해서 이야기하고 있었다고 했다. 아리아는 앤의 이야기를 듣고선 본인도 그런 경험을 한 적이 있다고 말하였다. 아리아 같은 경우는 한동안 직원들의 이야기를 듣기만 했다고 하였다. 본인도 사람들에게 다가서는 성격이 아니다 보니 그냥 듣고 있었다고 하였다. 그러다 시간이 흐르면서 직원들하고 조금씩 말문을 열었다고 하였다. 오히려 내가 해준 말보다. 앤에게 도움이 도움이 되는 말이었다. 앤 또한 아리아에 말에 고개를 끄덕이며 시간이 많이 걸리겠다는 말을 되풀이하였다.

"그러고 보니 오드리는 글을 잘 쓰고 있나요?" 나는 아리아에게 물었다.

"오드리는 잘 쓰고 있어요. 당신이 해준 피드백을 몇 번이고 다시 읽어 보고 있어요." 아리아는 커피 한 모금을 마셨다. "그래도 전보다는 글이 많이 다듬어졌어요. 저와 당신이 공동으로 지적했던 부분 있잖아요. 너무 글이 많다는 내용이요. 그 부분에 대해서 고민을 많이 했어요. 아직 갈 길이 멀지만, 많이 다듬어지고 있어요."

"작가가 되는 게 많이 힘든가 보네요. 저는 글을 써보지 않아서 잘 모르겠어요."

"그럼요. 글로 나의 생각과 내가 생각하고 있는 이야기를 쓰는 게 많이 어려워요, 하지만 몇몇 사람들은 글을 쓰는 게 쉽다고 생각해요."

"그래도 그림보다는 쉽지 않나요? 제 생각은 그래요. 그림은 색과 각도. 명암비 등을 신경을 써야 하지만, 글을 그냥 키보드만 두드리면 글이 써지니까요." 아리아의 표정은 약간 불편해 보였다. 이 상황에서 나는 어떻게 해야 할지 모르겠다. 물론 앤의 입장도 이해가 되지만, 출판사에서 일을 하고 있는 아리아 입장에서는 충분히 기분이 나쁠 수밖에 없다.

"물론 컴퓨터 키보드만 두드리면 간단하게 글이 써지긴 합니다. 하지만 사람들에게 상상의 나래와 생각하는 힘을 키워주는 건 오직! 책만이 할 수 있는 일이라고 생각해요." 아리아의 억양이 세게 느껴졌다. "오직 작가가 되겠다는 일념 하나로 열심히 글을 쓰고 있는 사람들이 많이 있어요. 그걸 알고 있는 저로서는 굉장히 기분이 나쁘네요."

카페에 정적이 흘렀다. 나는 할 일이 없나 괜히 주변을 두리번거렸다. 이 상황에서 내가 그 어떤 말을 해도 상황만 나빠질 것이다. 이미 벌어진 일이다. 나는 제발 아무나 왔으면 좋겠다는 생각이 들었다. 이 분위기에서 도망가고 싶었다.

"죄송해요. 기분 나쁘게 할 의도는 아니었어요. 저의 생각을 말한다는 게 미처 그 부분까지는 생각하지 못했어요." 앤이 먼저 입을 열었다. 아리아는 '괜찮아요.'라고 짤막하게 대답하였다. "저 먼저 가볼게요. 내일 출근을 해야 해서요." 앤은 자리에서 일어나서 '다음에 또 올게요.'라는 말을 남겼다. 나갈 때는 아리아를 잠시 바라보고 밖을 나섰다.

"미안해요. 제가 괜히 화를 내서 많이 불편했죠."

"괜찮아요. 화낸 이유를 이해 못 한 것도 아니니깐요."

"화를 내면 안 되는데 괜히 발끈했네요. 글을 쓰는 사람들이 하는 일이 쉽다고 하는 사람들을 볼 때마다, 마음 한구석에서 화가 나고 짜증이 나더라고요. 이러지 말아야지. 하면서도 그러네요." 그녀의 입장에서는 이해가 되었다. 앤이 단지 본인의 생각을 말로 표현을 하는 과정에서 잘못된 표현을 한 것이라고 나는 생각하고 싶었다. 정말로 그런 생각을 하는 것이 아닌 표현의 과정에서 생긴 오해로 말이다.

"초콜릿 하나 드실래요? 이유는 모르겠지만, 초콜릿이 진정하는 데에 좋다고 하더라고요." "괜찮아요. 그래도 고마워요. 덕분에 웃겼어요."앤의 입꼬리는 올라가 있었다. "아 혹시 괜찮으면, 저의 출판사하고 일할 생각 없어요? 회사에 외주로 계약을 할 거 같아요. 출판사에서 글을 보내주면 읽어보고 의견을 보내주면 돼요. 사실 오드리에게 해준 피드백을 읽어 보았는데 감이 있으신 거 같아서요."

어떻게 반응을 해야 할지는 잘 모르겠다. 피드백도 제안을 받으려고 한 것도 아니었다. 내 머릿속을 그냥 새하얗게 되었다. 제안을 수락하고 싶다는 생각이 들었다. 흥미롭기도 하였다. 내가 그냥 글을 읽고, 내 의견만 작성해서 보내주면 끝나는 건지 다시 한번 물었고, 아리아는 그러면 된다고 하였다. 출판사로 많은 글들이 투고가 되다 보니, 다 읽어보지 못하고 하였다. 그러니 그 글들의 일부를 내가 읽고, 감상평이나 피드백 등을 적어서 보내주면 된다고 하였다. 아니면 본인의 전화번호를 알려줄 테니 다 되면 본인한테 연락을 하면, 가지러 오겠다고 하였다. 오드리한테 해준 피드백을 읽어보고, 편집장한테 적극적으로 나에 대해 어필했다고 하였다. 이제 나만 하겠다고 하면 내일부터 바로 할 수 있다고 하였다. "한번 해 볼게요. 그 대신에 너무 많은 글을 가져다주지는 마세요. 저도 본업이 있으니까요." "그건 걱정하지 마세요. 그럼 내일 계약서랑 글을 가지고 올게요. 갑자기 제안해서 당황스러웠을 텐데 승낙해 줘서 고마워요."

'괜히 승낙을 했나'라는 생각이 머릿속에서 지나갔지만, 이왕 승낙한 거 해 보기로 하였다. 오드리에게 했던 것처럼 글을 읽고, 피드백을 작성 해주면 될 것이다. 글을 읽는 것을 좋아하니 출판사로 투고된 글을 읽고 피드백을 작성하는 일도 나름 흥미도 있고 말이다.

"평소에 책을 많이 읽으시나요? 오드리에게 해준 피드백을 읽었을 때 어휘력이라고 해야 하나요? 어휘력이 풍부해서요."

"아니요, 책은 많이 읽지는 않은 거 같아요. 다른 사람들과도 비교했 을 때 독서량이 크게 차이가 없어요." 확실하다. 기억을 더듬어봐도, 내 가 다른 사람들보다 책을 많이 읽지는 않았다. 무엇보다도 올해 혹은 이 번 달에는 책을 몇 권을 읽었는지 세면서 읽지는 않았다. "그냥 책과 가 까이 지냈나 보군요. 그런 거라면 왠지 당신이 오드리에게 피드백을 해 준 부분들이 이해돼요. 예를 들어 인생을 '강'에 비유를 한 것을 보면요."

그제서야 오드리에게 해준 피드백의 내용이 어렴풋이 기억이 났다. 나 는 그렇게 표현을 하면 더 좋을 것 같아서 피드백을 해주었다고, 이야기 했다. 중간에 커피를 테이크아웃을 하러 온 손님 왔을 때에 아리아는 핸 드폰을 꺼내 손가락을 바삐 움직였다. 누군가에게 바삐 문자를 보내는 듯하였다.

"저는 이만 가볼게요. 집에서 정리해야 할 일도 있고요. 내일 봐요." 나 도 앤에게 인사를 하였다.

출판사로 투고가 된 글을 읽는 작업이라, 생각만 해도 마음 한구석에서 많은 것들이 소용돌이가 쳤다. 아직 출판되지 않은 글을 읽는다는 생각에 마음 한구석이 설레기도 하지만, 내가 대단한 사람도 아닌데 출판되지 않은 글을 읽어도 되는지에 대한 생각이 마음속에서 대립하였다.

시간이 지나면서 손님이 점차 뜸 해졌다. 뒷정리를 하고 카페 문을 닫았다. 오늘 하루도 이렇게 마무리가 되었다.

011

　오늘 아침에 신문을 들고 카페 근처에 있는 공원에서 시간을 보냈다. 구름이 끼기는 했지만, 비는 오지 않아서 나쁘지 않은 날씨였다. 아침의 공원을 천천히 걸어 다니면서 사람들의 모습을 관찰하였다. 벤치나 정자에 앉아서 책 혹은 신문을 읽거나, 핸드폰을 보았다. 벤치에 앉아 있는 사람들의 모습의 공통점은 옆에 커피가 놓여 있었다. 걸어 다니는 사람들도 마찬가지였다. 나도 벤치에 앉아 신문을 폈다. 신문 1면에는 사회적 이슈들이 있었다. 오늘은 정치인과 연예인과 관련된 이슈로 가득 차 있었다. 사람들의 이목을 끌기에는 딱 좋은 이슈들이지만, 나의 이목을 끌기에는 뭔가 아쉬움이 느껴졌다. 그다음에는 자연스레 오늘의 운세로 눈길이 향했다. 운세를 믿는 건 아니지만, 심심풀이로 읽기에는 오늘의 운세만 한 게 없다.

　'오늘 나의 직관력이 빛을 발하는 날입니다. 나 자신의 감을 믿읍시다.' 이게 나의 오늘 운세였다. 어떻게 받아들여야 할지는 모르겠다. 그냥 유심히 오늘의 운세를 봤던 것 같다. 이걸 믿는 사람들이 있을지는 모르겠지만, 사람들이 운세를 보는 심리는 이해가 되었다. 확실히 사람들을 끌어들이는 이유 모를 무언가가 있는 건 확실하다.

　평소보다 약간 늦게 카페를 오픈하였다. 몇몇 손님은 카페 앞에서 기다리고 있었다. 얼른 카페 문을 열어서 손님을 응대하였다.

손님들을 응대하고, 이제는 몇몇 손님들은 익숙해지기 시작했다. 이름은 잘 모르겠지만, 손님들의 특징들이 보였다. 손님들을 빠져나간 뒤에 창밖을 바라보고 있었다.

"누구 기다려요?" 놀래서 바라보니 아리아였다. "놀랐다면, 미안해요. 놀래킬 의도는 없었어요."

아리아와 간단하게 안부를 나눴다. 다시 만난 지 하루 정도 되었지만, 자연스레 안부를 나누고 이야기를 나눴다. 아리아는 어제와 동일하게 카페라떼를 주문했다.

"여기 당신이 읽고, 피드백해 줘야 할 글이에요. 그리고 계약서는 읽어보고 사인해주면 돼요." 생각보다 빠르게 본론으로 들어갔다.

그녀가 준 계약서를 읽어보았다. 계약서의 내용은 괜찮았다. 계약서에 사인을 하고, 작성한 계약서를 건넸다. 아리아는 같이 열심히 해 보자고 하였다.

어제까지는 특별히 생각은 없었지만, 아리아에게 글을 받으니 읽어보고 싶은 욕구가 마음 한구석에서 올라왔다.

"혹시, 어떤 장르인지 알 수 있을까요?"

"제가 듣기로는 로맨스 소설이라고 들었어요. 그 글을 읽어보지 못해서 자세히는 모르겠어요." 아리아는 커피를 한 모금 마셨다. "피드백을 기다릴게요."

"시작했으니 한번 열심히 해 봐야죠, 글을 쓰신 작가분이 피드백을 받

왔을 때 기분 나쁘지 않았으면 좋겠어요."

"그게 가장 어려운 거 같아요. 저도 작가가 되기 위해 투고를 해주신 분들에게 피드백을 해주었을 때 기분 나빠하는 경우가 많이 있더라고요. 하지만 그 부분은 어쩔 수 없는 거 같아요."나는 고개를 끄덕이며 공감하였다.

잠시 정적이 흘렀다. 아리아는 여유를 즐기면서 커피를 마시고 있었다. 오늘은 손님이 비교적 조금 왔기 때문에 아리아가 준 글을 읽을 수 있는 여유가 생겼다. 아리아가 중간에 커피를 추가로 커피를 주문했었다. 덕분에 중간중간 환기를 시킬 수 있었다.

"안녕하세요. 그동안 잘 지냈나요?" 아가사가 밝게 인사를 하면서 들어왔다. "녹차라떼 한 잔 주세요, 안녕하세요. 아리아." 아가사의 밝은 목소리가 들렸다.

"안녕하세요. 오랜만에 보는 것 같아요." 아리아의 말에 아가사는 '맞아요!!'라며 큰 소리로 말했다. 아리아의 '목소리가 너무 커요.'라는 말과 함께 웃음소리가 들려왔다. 아가사의 긍정적인 에너지가 이 공간을 채워나갔다. 아가사는 음료를 받고, 고맙다는 말이 끝나기 무섭게 바로 한 모금을 마셨다. 그리고 그동안 어떻게 지냈는지 내게 물었다. 그동안 있었던 일을 말하였다. 아리아와 함께 일을 시작하기로 했다는 내용도 말했다. 아가사는 많은 업무량에 휩쓸렸다고 하였다. 센터 이용이 중단이 되는 아이들 그와 동시에 새로 등록이 되는 아이들과 상담일지 작성을 하느라 정신이 없었다고 하였다. 그리고 한 아이가 이사를 가게 되어서

그 아이가 이사를 간 곳에 근처에 있는 아동센터에 인계해 주기 위해서
전화하고, 하느라 정신없이 지내고 있었다고 하였다.

"일이 산더미예요. 하나가 끝나가나 싶으면, 새로운 일이 저에게 들어
오고 말이에요. 숨쉴 틈 없이 시간이 흘러갔어요."

"정신없이 시간을 보내는 게 좋을 수 있어요. 쉬는 날에 아무것도 안 하
고 있으면 오히려 시간이 안 갈 때가 있더라고요." 아리아가 말하였다.

"그래도 한번은 하루쯤은 여유를 가지고 싶어요." 아가사는 한숨을 깊
게 내쉬었다. "그럴 때가 있긴 하죠, 아무것도 안 하고 하루쯤은 쉬고 싶
은 날 말이에요." 나는 고개를 끄덕이며 공감이 되었다.

"이야기 주제를 바꿔야겠어요. 이 이야기를 계속하면 계속 축 처질 것
같아요." 나와 아리아도 공감을 했다.

"그러고 보니 오드리가 안 보이네요?" "그러게요. 글 쓰는 것에 집중하
고 있나 봐요."

"최근에 몇 번 문자를 주고받았는데 글을 쓰는 것이 많이 힘든가 봐요.
글이 잘 써지지 않는 모양이에요." 아리아가 나른한 목소리로 말하였다.

"어쩌면, 창작의 영역은 언제나 고통을 동반하는 일 같아요. 새로운
이야기를 만들어 가는 건 매우 힘든 일이잖아요." 아가사는 카페 내부를
한번 훑어보았다. "그래도 오드리가 없으니까 뭔가 허전하네요."

아가사의 말에 이해가 되었다. 오드리가 카페에 자주 와서 그런 것일
수도 있겠지만, 보이지 않으니 아쉬움이 클 뿐이었다. 왠지 모를 허전함
을 지울 수 없었다. 오드리가 카페에 오게 된다면, 어떻게 반겨줘야 할

지 고민을 해 봐야겠다.

아가사와 아리아는 핸드폰을 통해서 본 뉴스를 보면서 이런저런 이야기를 나눴다. 연예계부터 정치, 시사, 경제 등등 여러 가지 주제가 나왔다. 중간중간 내가 관심 있고, 알고 있는 주제부터 연예계처럼 내가 전혀 알지 못한 주제까지 다양한 이야기가 오고 갔다. 나는 중간중간 고개를 끄덕이며 손님이 오면 손님 응대를 하였다. 종종 손님들 중에서는 아가사와 아리아가 하는 대화를 듣고 끼어드는 손님들도 있었다.

대화에 끼어들면 기분이 나쁠 만한데 두 사람은 아랑곳하지 않고, 그 손님하고도 대화를 나누었다. 엄밀히 따지면 대화보다는 토론에 가까웠다. 연예계 이야기를 나눌 때에는 정말 대화 분위기였지만, 그 이외의 주제일 때에는 서로의 의견을 주고받았다. 분위기가 바뀌었다. 내가 끼어들 틈이 없었다.

"일단 여기 음료를 마시면서 쉬엄쉬엄 대화를 나눠요. 두 사람 너무 흥분한 거 같아요." 어느 순간 두 사람에게 환기가 필요하다고 느껴졌다.

"고마워요. 잘 마실게요." 아리아가 말하였다.

"확실히, 당신 말처럼 환기가 필요한 거 같아요." 아가사가 덧붙였다. "저희 때문에 장사에 지장이 생기는 건 아니죠?"

"아니에요. 괜찮아요. 오히려 카페에 온기가 가득 차서 좋아요."

"오히려 그렇게 말을 해주니 고맙네요."

계속 이야기를 하면서 시간을 보냈다. 얼마나 시간이 흘렀을까, 오드리가 왔다. 피로에 많이 찌들어 있는 모습이었다.

"오랜만이야, 블랙레몬 한 잔 테이크아웃 해 줘."

"괜찮아?" 음료를 제조해야겠다는 생각보다도 오드리의 안부를 먼저 물었다. 오드리의 상태는 매우 심각해 보였다.

"괜찮아질 거야." 오드리의 목소리에는 힘이 없었다. 아가사와 아리아의 시선도 오드리에게 향했다. "모두들 반가워요. 오랜만이에요."

"얼마나 잠을 못 잔 거야?" 나는 음료를 주며 퉁명스럽게 말을 했다. 말을 하고서도 아차 싶은 생각이 들었다.

"글쎄, 세보지 않아서 잘 모르겠어, 확실한 건 내 몸이 매우 피로에 찌들어 있다는 거야." "그럼, 여기에 올 게 아니라 집에서 잠을 자야 하는 거 아니에요?" 오드리는 '맞아요. 집에서 잠을 자야 돼요.'라고 작은 목소리로 말했다. "음료 고마워."

오드리를 제외한 모든 사람들은 아무런 말을 하지 않았다. 다른 사람들의 생각이 어떤지는 모르겠지만, 나 같은 경우는 어떤 말을 해야 할지 떠오르지 않았다.

"아리아, 글이 너무 많이 자주 막히는 것 같아요."

"그런 건 너무 신경 쓰지 마요. 그 누구나 겪는 거니까요. 오히려 너무 얽매여 있어요. 한번 다른 일을 해 보거나, 산책을 해 봐요. 일단, 잠부터 푹 자고요."

오드리의 장점이라면 반응을 잘 해준다는 것이다. 일단 아리아의 조언대로 행동할지 안 할지는 잘 모르겠지만, 상대방에게 이야기를 듣고 있다는 반응 하나는 잘 해준다. 아가사는 작은 사탕을 건네면서, 힘을 내라고 응원했다. 오드리는 음료를 받고 카페를 나섰다. 아가사에게는 응원해줘서 고맙다고, 이야기하고 나서 카페를 났다.

"글을 계속 쓰려면 건강을 챙겨야 하는데 걱정이네요. 계속 저렇게 몸을 혹사시키면 좋은 글을 쓰고 싶어도 쓰지 못할 텐데 말이에요."

"그래도 길을 찾을 거예요. 다만, 너무 무리하지 않았으면 하는 바람이죠."

"제임스가 많이 응원해 줘요. 그래요. 오드리 입장에서 유일하게 마음을 터놓고 이야기하는 친구인 거 같아요."아가사 이야기했다. 솔직히, 내 입장에서는 의외였다. "그 몰랐다는 표정은 뭐에요?"

"누군가가 저에게 마음을 터놓을 거라곤 생각지 못해서요. 그런데 그걸 어떻게 안 거예요?" "그냥요. 전에 오드리가 당신과 이야기하는 걸 들었을 때 다른 사람들한테는 몰라도, 당신에게는 마음을 연 것 같은 느낌이 들었거든요."

"혹시 점성술 같은 거 배웠어요?" 아리아는 신기하다는 듯이 아가사를 바라보았다. 아가사는 손을 절레절레하며, 그냥 사람들을 많이 만나보면서 사람들이 특정 사람한테 마음의 문을 열었을 때의 행동이나 사용하는 단어들을 많이 들어 보아서 그렇다고 하였다. 확실치는 않지만, 오드리에게서 그런 특징들이 보였다고 말하였다. 나는 고개를 끄덕이며, '그래요?'라는 말했다.

아리아와 아가사는 시간이 얼마 지나고 나서 자리에서 일어나서 카페를 나섰다. 평소대로 카페로 정리하고, 집으로 향했다.

012

오드리 (2)

글을 쓰느라 잠을 자지 못했다. 새벽이어서 그런지 주변은 깜깜해서 잘 보이지 않았다. 얼마 동안 잠을 못 잤는지 기억이 나지 않는다. 내가 느끼는 체감상으로는 일주일 동안 잠을 못 잔 거 같다. 탁자 위에 카페에서 테이크아웃을 할 때 받는 종이컵이 있었다. 내가 어떤 카페를 다녀왔었는지 기억이 나지 않는다. 어렴풋하게도 생각이 나는 게 없었다. 아마 제임스네 카페에서 음료를 테이크아웃해 와서 그대로 기절하듯 침대에 몸을 뉜 거 같다. 몸이 피곤해서 그런지 더 이상 생각을 하는 게 어렵게 느껴졌다. 일단 내가 먼저 해야 할 일은 내 몸에 쌓여 있는 피로를 풀어야 한다. 차가운 새벽 공기를 이불 삼아 다시 잠에 들었다.

013

오늘도 어김없이 같은 시간에 카페로 출근을 하였다. 영업을 하기 위해서 준비를 하고 있을 때 손님 한 명이 들어왔었다. 아직 영업 준비 중이라 음료 제조 하는 데에 시간이 조금 걸린다고 말하니, 그 손님은 괜찮다고 하였다. 그 손님을 어디서 많이 본 것 같았지만 어디서 보았는지는 기억이 나지 않았다. 그냥 내가 착각하고 있는 거라 생각하고 서둘러 준비를 하여 손님에게 음료를 건넸다. 그 손님이 나갈 때까지 기억이 나지 않았다. 카페에 자주 오는 손님도 아닌데 자주 본 사람처럼 느껴졌다. 기억이 나지 않았다. 다음에 그 손님이 다시 오신다면 물어봐야겠다.

"안녕." 오드리가 짧은 인사와 함께 카페로 들어왔다. "혹시, 내가 어제 여기 왔었어?" "기억 안 나? 너 어제 블랙레몬 포장해갔어."

"그거참 디테일하게 기억하고 있네 그냥 기억이 나지 않는다고 넘어가면 되잖아." 오드리가 퉁명스럽게 말했다. "카페라떼 한 잔 줘."

그래도 오드리가 기운을 차려서 나도 덩달아 기분이 좋다. 아니면 잠을 충분히 자서 그럴 수도 있겠지만, 뭐 어떠하리 일단 오늘은 어제처럼 지쳐보이지 않아서 다행이다. "고마워, 잘 마실게."

"그러고 보니 글은 어떻게 되어가고 있어?"

"지금은 잘 되어가고 있어, 랩탑 타자 소리가 내 방을 가득 채우고 있어""그건 좋은 소식이네." 오드리는 고개를 끄덕이며 커피를 한 모금 마셨다. "아참! 아리아랑 같이 일하기로 했다며, 받아본 글을 어때?"

"글쎄…. 끝까지 읽어보지 않아서 평가를 내리기에는 아직 이른 것 같아, 괜히 어설프게 판단을 내리면 아리아하고 내가 곤란해질 것 같아서."

"그건 확실히 그래, 그리고 피드백을 내리는 게 쉬운 일은 아니고 말이야. 그래도 이왕 시작한 거 제대로 해 봐. 너라면 충분히 잘 해낼 거야."

"안 그래도 그것 때문에 고민이야, 글을 읽는 시간을 조금 늘리기 위해서 아르바이트생을 한 명 고용할까 고민이야."

"고용할 여건은 돼? 저녁에만 영업하잖아." 오드리의 표정은 놀리는 것인지, 걱정하는 표정인지 알 수 없었다.

"그건 걱정 안 해도 돼, 아르바이트생 한 명을 채용할 여건은 된다고!" 오드리는 웃으며 알겠다고 하였다. 그래도 신중하게 결정해야 한다는 말을 덧붙였다.

"그나저나 오늘은 조용하네, 아리아 말로는 손님이 북적북적거렸다고 했는데."

"이럴 때도 있는 거지 뭐, 언제나 손님이 많을 수는 없잖아."

"그 자세는 내가 너한테 배워야겠다." 나는 웃으며, 창밖을 바라보았다. 크리스토퍼가 다가오는 것이 보였다. 핸드폰을 보고 있었다. 곧장 카페로 들어왔다.

"어서 오세요. 오랜만에 보는 거 같네요."

"안녕하세요." 크리스토퍼는 잠시 메뉴판을 보며 고민을 하였다. "진저라떼 한 잔 주세요." 크리스토퍼는 주문이 끝나기 바쁘게 가방에서 랩탑을 꺼냈다. 전에 했던 작업을 이어서 하는 것인지, 아님 새로운 작업을 하는 것인지 궁금하였다.

"전에 하던 작업을 이어서 하고 계시는 건가요?" 나는 커피를 크리스토퍼 옆에 두면서 말을 건넸다. 오드리는 궁금한 표정을 지으며, 슬쩍 크리스토퍼의 랩탑을 바라보았다.

"아니요, 그 작업은 모두 끝났습니다. 대학교 과제였기 때문에 그렇게 어려운 작업은 아니었어요."

"이게 어려운 작업이 아니라고요?" 오드리는 놀란 표정으로 크리스토퍼의 랩탑을 바라보았다. "제가 보기에는 그냥 알 수 없는 용어로만 가득한데요?"

"모르는 사람들이 보면 그럴 수 있어요. 하지만 코딩은 구글에 검색을 하면서 해 보면 금방 익힐 수 있어요. 하다 보면 굳이 실행을 시켜보지 않아도 어떻게 실행이 될지 머릿속에 그려져요."

"그저 신기하네요." 오드리는 정말 신기하다는 표정으로 랩탑 모니터를 뚫어져라 바라보았다. "그래서 지금 하고 있는 건 어떤 걸 만드는 거예요?"

"지금은 작은 게임을 만들고 있어요. RPG를 만들어 보려고요."

"정말요? 혹시 실례가 안 된다면 작동하는 모습을 볼 수 있을까요? 이렇게 코드만 잔뜩 있으면 어떻게 작동하는지 잘 모르겠어요."

"네, 한번 보여드릴게요." 크리스토퍼의 목소리에 기대감이 느껴졌다.

크리스토퍼가 만든 게임을 보여주었다.

조그마한 캐릭터가 키보드 명령에 따라 움직였다. 왼쪽 화살표를 누르면 왼쪽으로 가고, 오른쪽 화살표를 누르면 오른쪽으로 움직였다. 그리고 'A' 버튼을 누르면 캐릭터가 들고 있는 검을 휘둘렀다.

"완전 대단한데요? 배경이랑 캐릭터 모두 직접 그린 거예요?"

"아니요, 배경과 캐릭터는 에셋 마켓에서 구매했어요. 제가 그림을 잘 못 그려요. 아이디어는 있지만, 제가 그림을 잘 그리지 못하다 보니, 어쩔 수 없죠." 크리스토퍼의 표정에서 아쉬움이 많이 느껴졌다.

"그럼 그림을 부탁해서 그림을 그려달라고 하면 되지 않을까요? 그렇게 만든 게임의 수익금의 일정 부분을 그림을 그려준 사람한테 주면 좋지 않을까 해요."

"그 부분도 괜찮을 것 같아요. 하지만 제가 만든 게임이 성공할 거라는 확신이 없어요. 게임을 만드는 과정이 프로그래머 혼자만으로 완성되지 않으니까요."

"음…. 그림을 그려줄 수 있는 사람이 있으면 좋을 텐데…"

그 뒤에 내용을 듣지 못했다. 엘리가 찾아와서 앤이 온 적이 있는 문고 갔다. 나는 전하고 똑같이 직접 연락해 보는 게 어떻겠냐는 말했다. 해 보겠다는 말을 하였지만, 직접적으로 하지는 않을 것 같았다. 마음 한구석에서 답답함이 느껴졌다.

"저분 아직도 앤과 연락 안 한 거야?" 오드리는 고개는 한쪽으로 쏠려 있었다. "그런 거 같아. 그런데 내가 할 수 있는 건 없잖아."

"무슨 일인데 그래요?" 크리스토퍼는 잠시 랩탑을 덮고 나와 오드리를 바라보았다. "저만 소외된 거 같은데요?"

나는 어떻게 해야 할지 몰라 쩔쩔맸다. 그는 궁금하다는 듯이 나와 오드리를 빤히 바라보았다. "말하기 곤란한 상황이나 보군요." 그가 마지못해 입을 열었다. "괜찮아요. 다만 제가 보기엔 앤이라는 분과 방금 그 남자분이 싸웠다는 건 알 거 같아요." 나는 아무런 말을 하지 않았다.

"크리스토퍼 혹시 괜찮다면, 그 에셋을 지속적으로 이용할 수는 없어요? 예를 들어서 캐릭터와 배경을 계속 이용하면 되잖아요." 오드리 덕분에 다시 주제는 크리스토퍼의 게임으로 바뀌었다.

"저도 그리고 싶어요. 하지만, 제가 원하는 캐릭터가 아니에요. 무엇인가, 저는 이 캐릭터 외형에 투구가 씌워져 있으면 좋을 거 같은데, 아무리 찾아봐도 그건 없더라고요. 그래서 든 생각이 직접 그리는 방법인데, 앞에서 말했듯이 제가 그림에는 영 재능이 없었어요." "그러면 그 그림을 그린 분한테 직접 메일을 써보는 게 어떨까요? 일정 보상을 지불할 테니 원하는 캐릭터와 배경을 부탁해 보는 거예요." 오드리는 조심스럽게 이야기하였다. "지금 당장에는 방법이 없으니 지금 상황에서는 이게 최선의 방법일 것 같아요."

오드리의 말에 크리스토퍼는 잠시 생각에 잠겼다. 얼마 지나지 않아 메일을 쓰는 것을 도와줄 수 있는지 물어보았다. 오드리는 흔쾌히 수락을 하여, 두 사람은 메일 작성에 집중을 하였다. 내용을 어떻게 작성을 해야 하는지부터 시작해서 어떤 단어를 넣으면 좋을지 등등 여러 의견을 주고받으며 메일을 써 내려가고 있었다.

그사이에 나는 아리아가 준 글을 읽어 내려갔다. 아리아에게서 들은 내용은 작가의 이름과 함께 나한테 피드백을 의뢰한 작품이 첫 작품이라는 것 이외에는 듣지 못했다. 이야기 구성은 나쁘지 않았다. 하지만 몇몇 표현들이 어색하게 느껴졌다. 내용 전개상으로는 내가 특별하게 이야기할 것은 없었다. 단, 몇몇 표현들 그리고 글을 쓰는 연습이 더 필요하다는 생각이 머릿속을 가득 메웠다. 그 사이에 오드리와 크리스토퍼는 메일 다 작성하고 보낸 듯하였다.

"메일을 쓰는 건 정말 어렵네요. 코드를 짜는 것보다 더 어려운 거 같아요." 크리스토퍼는 숨을 크게 내쉬었다.

"괜찮아요. 앞으로 이런저런 내용의 메일을 쓰다 보면 어렵지 않게 느껴질 거예요." "그렇겠죠? 메일을 쓰는 건 별거 아니라고 생각했는데, 제가 직접 써보니 메일 쓰는 것도 쉽게 볼 일이 아니라는 걸 느꼈습니다."

"열심히 고민해서 쓴 메일인 만큼 분명 긍정적인 답변이 돌아올 거예요."

"솔직히 말씀드리자면, 거절당해도 기분이 상하거나 그렇지는 않을 거 같아요. 단지 상대방이 꼭! 승낙을 해주었으면 하는 바람으로만 가득 찬 거 같아요."

나는 응원과 격려의 말을 해주었다. 내 눈에 비친 크리스토퍼는 전에 봤을 때와 마찬가지로 정말 기대하고 즐거워하는 게 느껴졌다. 마치 로봇 장난감을 받은 어린아이와 같은 순수한 모습이었다.

"아 맞다. 아리아가 너한테 피드백을 부탁했다며."

"응, 아리아가 근무하고 있는 출판사로 투고된 글을 읽고 피드백해달라고 해서. 그래서 어제 글을 받아서 읽어보고 있어."

"글은 어때?"

"받은 글은 어때?"

"괜찮은 거 같아, 아직 제대로 읽어 보지 못해서 간단하게 읽어봤을 때는 아직 많이 부족한 거 같다는 생각이 들어 더 읽어봐야겠지만."

"글을 읽고 피드백을 해주는 건 어렵지 않아요?" 크리스토퍼는 궁금한 표정을 지으면 나와 오드리를 번갈아 가면서 바라보았다. "코드를 짜면, 실행을 시켜보면서 바로바로 정확한 피드백을 받을 수 있지만, 글을 피드백을 해주는 건 많이 힘들지 않나요? 사람은 컴퓨터가 아니다 보니, 정확한 피드백을 해주기 힘들지 않나요?"

나는 생각에 잠겼다. 크리스토퍼의 말이 틀린 것은 아니다. 나 또한 컴퓨터가 아니기 때문에 정확한 피드백을 해주기는 어렵다.

"그렇기 때문에 사람들에게 피드백을 받는 건 아닐까요? 글을 쓸 때 맞춤법 같은 경우는 컴퓨터가 그때그때 해주는 피드백을 참고해서 교정을 할 수 있지만, 내용은 사람이 해줘야 하는 거 같아요. 물론 같은 글을 읽고, 사람마다 느끼는 생각과 감정은 다르겠지만 누군가가 피드백을 해주면 글을 쓰는 작가가 다양한 시점을 쓸 수 있게 인도를 해 주는 것이 피드백이라고 생각해요. 물론 너무 작가가 피드백에 얽매이는 것도 좋지 않지만요."

크리스토퍼는 나를 빤히 바라보았다. "죄송합니다. 제가 너무 말이 많았네요."

"나는 오히려 너의 생각을 들어서 좋았어." 오드리의 말에 오히려 얼굴이 달아오르는 느낌이 들었다.

"확실히 글과 코드를 바라보는 시점이 확실히 다르네요." "안녕하세요." 인사와 함께 대니얼이 들어왔다. "잘 지내고 계셨나요?"

"저는 잘 지내고 있었습니다." 나는 웃으면서 대답했다. 대니얼은 카푸치노 한 잔을 주문했다.

"오랜만에 카페에서 내려 마신 커피를 마시니 좋네요." "야간 근무를 할 때 커피를 자주 마신다고 하시지 않았나요?"

"네 커피는 자주 마셔요. 근데 대부분 편의점에서 팔고 있는 캔 커피를 마셔요. 한 번에 대량으로 구매해서 마셔요. 그래서 그런지 이렇게 카페에서 바리스타가 내려준 커피가 그리웠어요." 대니얼은 커피 한 모금을 마시며 생각에 잠겼다. "캔 커피는 절대로 따라가지 못하는 맛이군요."

"마음에 든다니 다행입니다."

"혹시 실례가 안 된다면, 책을 읽는 것을 좋아하는지 물어봐도 될까요?"

"물론입니다. 책을 자주 즐겨 읽습니다. 책은 새로운 곳으로 여행을 시켜주는 가이드와 같은 존재잖아요."

"굉장히 낭만적으로 들리네요. 독서를 하면 새로운 장소, 새로운 사람들을 만날 수 있어서 좋은 거 같아요." 그는 내 말을 한번 되풀이한 뒤 뒤에 본인의 생각을 덧붙였다. 그리고 읽을만한 책 한 권을 추천해달라고 하였다.

나는 잠깐 생각할 시간을 가진 뒤 파울로 코엘료가 쓴 『순례자』라는 책을 추천하였다. 프랑스 남부에서 스페인 북부의 갈리시아까지 이어진 길을 주인공이 걸으면서 '진리'를 찾기 위한 이야기의 소설이기 때문에 흥미롭다고 이야기해 주었다.

크리스토퍼는 말로 들었을 때 이해가 되지 않다고, 말했다. 하지만, 이왕 추천받은 거 읽어보겠다고 하였다.

프로그래밍과 책에 대해서 이야기하고 있을 때 아가사가 왔다. 아가사는 녹차라떼 한 잔을 주문했다. 나와 아가사는 간단하게 안부를 주고받았다. 옆에서 오드리는 크리스토퍼에게 프로그래밍에 대한 많은 질문을 했다.

아가사는 오늘 있었던 일들을 이야기했다. 기억에 남는 에피소드는 없었지만, 그래도 아가사의 이야기를 듣는 게 즐거웠다. 왠지 모르게 아가사의 말을 듣고 있으면, 마음이 즐거워졌다. 마치 어린아이가 공을 튕기면서 즐겁게 노는 기분이 들었다. 일과 개인적인 고민을 가지고 있지만, 언제나 긍정적인 에너지를 가지고 있다.

"가장 신경 쓰이는 아이가 있나요?" 아가사는 잠시 생각에 잠겼다. "모든 아이들이 신경 쓰여요. 하지만 유난히 신경이 쓰이는 아이가 없다면 거짓말이죠."

"실례가 안 된다면, 그 아이가 어떤 상황인지 알 수 있을까요?" 아가사는 잠시 생각에 잠겼다. "며칠 전에 그 아이의 부모님이 찾아오셔서 아이들을 돌볼 수 있는 능력이 없어 저의 기관에 맡기겠다고 하였어요."

"아이의 부모가 그렇게 말을 했으면, 가능하지 않나요?"

"그렇긴 해요. 다른 사람도 아이의 부모가 아이를 돌볼 수 없다고 의사를 밝혔으니까요. 하지만 제가 근무하고 있는 기관은 아동센터이지, 고아원이나 보육원이 아니에요." 아가사는 약간 격양된 목소리로 말했다. "맘 같아서는 제가 돌보고 싶지만, 저의 마음대로 할 수 없다는 게 문제에요."

"그러면 아가사가 한번 다른 보육 기관이나 고아원에 인계를 시켜주는 건 어때요?"

"그것도 쉽지 않더라고요. 일단 아이가 11살인데, 의사 표현을 할 수 있는 나이잖아요. 아이는 부모님과 헤어지기 싫다고 본인의 의사를 밝혔어요. 그래서 어떻게 해야 할지 모르겠어요. 아이의 부모님은 경제적인 이유로 양육을 포기하려고 하는데 아이는 부모님과 같이 살고 싶다고 하니 저로서는 어떻게 해야 할지 판단이 서지 않아요."

확실히 아가사가 말한 사례는 어려운 사례이다. 뚜렷하게 대책이 서지 않는다. 대책이 있다고 해도, 내가 함부로 말 할 수 있는 것도 아니었다. 나는 고개를 끄덕이며 '그렇군요.'라는 말을 하는 것 이외에는 없었다.

"이 상황을 어떻게 해결을 해야 할지는 전혀 모르겠어요. 할 수 있는 게 없다는 생각이 들다 보니, 허망하더라고요."

"확실히 아이의 의사가 확실하다 보니 그럴 수밖에 없을 거 같아요. 부모와 아이의 의견이 다르니 방법이 뚜렷하게 나오지 않겠군요." 아가사는 고개를 끄덕이며 숨을 크게 마시고 내쉬었다. "지금 그냥 머릿속이 복잡하네요."

"분명히 좋은 방안이 나올 거예요."

"그저 빨리 방안이 떠올랐으면 좋겠어요." 나는 아가사의 말에 고개만 끄덕였다. "저 음료 한 잔 더 부탁드려도 될까요?" 크리스토퍼는 작은 목소리로 말하였다. "언제든 가능합니다. 어떤 음료로 해드릴까요?"

"카푸치노로 부탁드립니다."

나는 곧바로 음료를 제조해서 크리스토퍼에게 주었다. 크리스토퍼는 고맙다는 말을 자그마하게 말하였다.

아가사는 잠시 핸드폰을 보다가, 내일 출근을 위해 이만 들어가 보겠다고 자리에서 일어났다. 나는 다음에 또 오라고 말하였다.

오드리도 어느새 공책에 글을 쓰는 것에 집중하였다. 글을 써 내려가는 소리와 랩탑의 소리가 들려왔다. 나는 아리아가 준 글을 마저 읽었다.

중간중간 오드리와 크리스토퍼가 음료를 주문하였다. 글만 읽고 있어 머리가 복잡했었는데 음료를 만들면서 환기시킬 수 있었다.

"글을 잘 써지고 있어?" 나는 오드리에게 음료를 주면서 말을 걸었다.

"일단 적어 내려가고 있어, 글을 쓰는 건 어렵지만 그래도 내가 쓰고 싶은 이야기가 있으니까 그 과정이 나름 즐거운 거 같아. 약간 변태 같나?"

"그럴지도 모르지? 어쩌면 창조의 고통을 즐기는 변태일 수도 있어." 오드리는 내 말을 듣고 키득거리면서 다시 글을 쓰는 데 집중하였다. 시간이 얼마나 지났을까, 대니얼이 커피를 테이크아웃을 하러 왔다. 차분

하게 카페에 앉아 여유 있게 커피를 마시며 이야기도 하고 책도 읽고 있지만 일을 하기 위해서 커피를 마시는 본인의 모습에 슬퍼진다고 대니얼은 투덜거렸다. 대니얼이 나간 지 얼마 지나지 않아, 앤과 엘리가 들어왔다. 그 두 사람이 같이 들어 온건 오랜만에 보는 모습이었다.

그 두 사람은 각자 음료를 주문하고 이야기했다. 분위기는 심각한 것 같았다. 그래도 만나서 이야기를 한다는 게 큰 진전이라고 생각한다. 앉아서 나는 창밖을 바라보았다. 사람들은 어깨가 많이 무거워 보였다. 내가 카페를 오픈하는 시간이 다른 사람들이 퇴근을 하는 시간이어서 그런지 몰라도 사람들의 어깨는 축 처져 있었다.

손님이 오지 않고, 조용한 밤이었다. 오드리의 사각사각 소리, 크리스토퍼의 자판을 두드리는 소리 그리고 앤과 엘리의 작지만 대화를 나누는 소리가 카페 안을 하모니를 이루었다. 불협화음이지만, 그 불협화음들이 하모니를 이루어서 한편의 오케스트라 연주처럼 들렸다.

이대로 밤은 깊어가고, 손님이 하나둘씩 자리에서 일어났다. 오드리와 크리스토퍼는 커피를 한 잔씩 테이크아웃해 갔다. 오드리와 크리스토퍼가 카페를 나서고 나도 뒷정리를 하고 나서 카페 문을 닫았다. 오케스트라 연주를 들어서 나름 기분이 좋은 하루였다.

014

　오늘 오전 내내 공원에서 시간을 보낼 생각으로 책 한 권과 커피 한잔을 챙겨서 공원으로 향했다. 원래는 신문을 볼 계획이었으나, 머리가 아픈 기사들로만 가득했다.

　정자에 앉아서 책을 펼쳤다. 내 옆에 둔 커피가 내 코끝을 자극하였다. 공원에 있는 나무와 호수에서 나는 냄새 그리고 커피 냄새가 나의 마음을 안정시켜 주었다.

　"안녕하세요. 여기서 보네요." 한 여성의 목소리가 들려왔다. 어디에서 많이 본 듯한 여성이었다. "혹시, 저 골목길에 있는 카페 직원분 아닌가요? 저녁에만 오픈하는 카페 말이에요."

　어렴풋이 기억이 났다. 종종 와서 음료를 테이크아웃을 해가는 여자 손님 전에 카페에 왔을 때에 어디선가 봤다는 느낌이 들었는데 공원을 지나가면서 몇 번 보았나 보다. 그녀는 본인을 캐시라고 소개했다.

　나도 나를 소개하였다. 그녀는 이 공원에 자주 오는 듯하였다. 나는 책을 어느 정도 책을 읽다가 정자에서 일어났다. 캐시에게 인사를 하고, 공원을 산책하였다. 나무들 사이에서 새소리가 들려왔다. 새소리를 들으면서 집에 돌아갔다.

*

낮에 맑았던 날씨가 무색하게 저녁이 되자 하늘에서 분무기로 물을 뿌린 듯이 비가 내렸다. 미처 우산을 챙기지 못한 사람들은 빠른 걸음으로 움직였다. 억세게 내리는 비가 아니라 누군가가 분무기를 뿌리는 듯이 내리는 비여서 그런지 다른 때보다 카페 내부는 습하게 느껴졌다. 밖에 차가 다니는 소리가 크게 들렸다. 나는 잠시 눈을 감고 밖에서 들리는 소리에 집중 했다.

"어떤 음악을 듣고 있어? 클래식?" 어느새 오드리가 내 앞에 있었다.

"언제 왔어?"

"방금, 왔는데 아무 미동이 없어서 자는 줄 알았어. 많이 피곤했나 봐."

"피곤한 건 아니야, 비가 와서 그런지 바깥에 소리가 크게 들려서 그 소리를 듣고 있었어." "왠지 낭만적으로 느껴진다. 아무런 고민 없이 삶을 살아가는 것 같아."

"그 어떠한 고민이 없는 사람이 어디 있어, 그냥 숨기고 살아가는 거지."

오드리는 옅은 미소를 지으며 에스프레소 한 잔을 달라고 하였다. 나는 음료를 제조해서 오드리에게 전해주었다.

"역시 커피는 씁쓸한 느낌을 주는 거 같아."

"그 안에 이야기와 따뜻함이 있지." 나는 오드리 말에 덧붙였다. "요즘 학원 다녀? 표현이 뭐라고 할까, 굉장히 감성을 긁는 거 같아."

나는 그냥 어깨를 으쓱거리며 자리에 앉았다. 내가 한 말이 그렇게 감성을 긁는 말인지는 잘 모르겠다. 오드리는 웃으면서 공책을 뒤적거리며 본인이 쓴 글들을 읽어 내려가면서 써 내려갔다. 아리아가 카페에 들어왔다. 나는 피드백을 마친 글을 아리아에게 건넸다.

"수고했어요. 힘들지는 않았어요?"

"괜찮았어요. 새로운 작가들의 글을 읽을 수 있어 오히려 제가 좋았어요."

"다행이네요. 아 혹시 카페라떼 한 잔 테이크아웃 해주실 수 있을까요?" 나는 알겠다고 하며, 고개를 끄덕였다.

"오늘은 바쁘신가 봐요?" 옆에서 오드리의 목소리가 들려왔다.

"네 오늘은 정신이 없네요. 집에서 마저 해결하고 쉴 계획이에요. 내일 한 번 들를게요." 나는 고개를 끄덕이며 내일 보자는 말을 덧붙였다. 어느새 오드리는 본인의 일에 집중하고 있었다.

식기류를 닦고 있을 때 밖의 소리가 크게 들렸다가 다시 작게 들렸다. 그와 동시에 카페 안의 공기가 환기되었다.

"안녕하세요."

"안녕하세요. 오늘 하루는 어땠나요?" 앤이었다. 그녀의 양 볼이 빨개져 있었다. 처음에는 바깥이 추워서 그런가 보다 생각했지만, 그녀에게 다가서는 순간 그게 아니라는 걸 알았다. 그녀에게서 약간의 알코올 냄새가 났다.

"오늘 하루는 힘들었지만, 괜찮았어요." 앤은 숨을 크게 들이마시고 내쉬었다. "혹시 아이스 아메리카노 한 잔 주실 수 있을까요?"

음료를 가져다주었을 때 그녀는 핸드폰을 만지작거렸다. 핸드폰을 확인했을 때 아리아에게 문자가 와 있었다.

'편집자가 어떻게 생각할지는 모르겠지만, 제 기준에서 당신의 피드백은 괜찮아요. 그래도 피드백에 문학적인 표현을 사용하는 건 고쳐야 할 거 같아요.' 나 또한 피드백을 받았다. 내가 쓴 피드백 내용을 곰곰이 생각해 보았다. 아리아가 카페에 오면 물어보는 걸로 미뤘다. 나는 참고하겠다고 답장을 보냈다. 힘찬 종소리와 함께 대니엘이 들어왔다.

"안녕하세요. 오랜만에 보는 거 같네요." 대니엘은 전에 봤을 때처럼 활기차게 카페 안으로 들어왔다.

"안녕하세요. 그동안 어떻게 지내셨나요?"

"저는 잘 지내고 있습니다. 언제나 그랬듯이 말이에요. 오늘은 추천 음료가 있을까요?" 나는 고민에 빠졌다.

"괜찮으시다면, 베드챔버를 추천해 드리고 싶은데 괜찮으실까요?"

"그건 어떤 음료인가요?" 그가 물었을 때 어떻게 설명을 해야 할지 고민에 빠졌다.

"우유 베이스에 계피와 꿀을 첨가한 음료입니다. 따뜻하고, 달콤함을 느낄 수 있어요."

대니엘은 생각을 잠기는 듯하다가, 내가 추천한 음료를 달라고 하였다. 음료를 제조할 때 뒤에서 오드리의 공책 넘기는 소리와 누군지는 모르겠지만, 손가락으로 테이블을 두드리는 소리가 들렸다.

"여기 음료 나왔습니다."

"감사합니다." 대니얼은 음료를 한 모금 마셨다. "추천해주신 음료가 괜찮네요. 혹시 괜찮으시면 이야기를 나눌 수 있을까요?"

"그럼요. 저는 언제든지요." 대니얼은 잠시 생각에 잠겼다.

"혹시 그런 적 없나요? 지금 무엇인가 열심히 하고 있지만 지금 당장 내가 무엇인가 이룬 게 없고, 주변 지인 혹은 사람들에 비해 이룬 게 없을 때요." 대니얼의 말에서 많은 고민이 느껴졌다.

"당연하죠, 열심히 앞으로 나아갔지만 돌이켜 보면 아무것도 이룬 것이 없는 거 같고 앞으로 무엇을 해야 할지 모르고 갈피를 잡지 못한 경우는 늘 있는 거 같아요." 대니얼은 내 말에 고개를 끄덕이며 듣고 있었다.

"그렇군요. 저는 지금 하고 있는 야간 경비원의 일이 마음에 들어요. 그런데 며칠 전에 오랜만에 고등학교 동창을 만났는데 언제까지 그 일을 할 거냐고 물어보더라고요. 전문대학교를 졸업한 게 아깝지 않냐면서요." 대니얼은 한숨을 크게 내쉬었다. 어떤 말을 해야 할지 머릿속이 복잡하였다.

"제 개인적인 견해지만, 한번 대니얼 씨의 생각을 지키면서 나아가보는게 어떨까요? 대니얼 씨의 본인을 어떻게 생각하고 있을지는 모르겠지만, 제가 보기에는 지금까지 잘 해내고 있어요. 그리고 지금 하고 있는 야간 경비원을 마음에 든다고 하시니 말이에요." 대니얼의 표정은 약간 복잡미묘했다.

"응원을 해줘서 고마워요. 그래도 아직은 마음 한구석이 복잡미묘하네요." 대니얼은 음료를 한 모금 마셨다. "사실 전문대를 진학한 것도 부모님이 원해서 그런 거지, 제가 원해서 간 것이 아니거든요. 그래도 그나마 관심 있는 영문학과로 진학했어요. 무엇을 해야 할지 갈팡질팡 할때 야간 경비원으로 근무하게 된 거예요."

"지금은 하고 있는 야간 경비원 일이 마음에 드는 거군요." 대니얼은 짤막하게 '맞아요.'라고 말하였다. 정적이 흘렀다.

"네, 주변에서 야간경비 일이 아닌 다른 일을 알아보라는 말을 들으면 위축이 되더라고요." "주변에 사람들의 말에 신경을 쓰고 싶지 않지만, 그래도 신경이 많이 쓰이는 건 사실이긴 하죠." 대니얼은 조용히 고개를 끄덕였다.

"그냥 머릿속이 복잡해요. 제가 지금 하고 있는 게 정답이 아닌 것 같고, 다른 사람과 비교했을 때 이룬 건 없으니까 말이에요." 나는 그의 말을 조용히 듣고 있었다. 위로의 말을 해주고 싶지만, 그건 내 입장이지 그에게 위로가 되지 않겠다는 생각이 들었다. 정적이 흐르고 있을 때 아가사가 와서 음료를 주문했다. 아가사는 분위기만 살피고 있는 듯하였다. "오랜만이에요. 대니얼 씨. 그동안 어떻게 지내셨나요?" 아가사는 조심스럽게 입을 열었다.

"저는 열심히 일하면서 지내고 있어요." 대니얼은 아까의 다운되어 있었던, 기운을 보여주지 않으려고 한듯했다. "아가사 씨는 지내셨나요?"

"저는 잘 지내고 있어요. 일이 많다 보니 정신이 없어요." 나는 아가사에게 옅은 미소를 지었다.

대니얼은 고개를 끄덕이며 핸드폰을 확인하더니 가봐야겠다며 자리에서 일어났다. '오늘 이야기를 들어주서서 고마워요.' 말을 하면서 카페를 나섰다.

"대니얼 씨 고민이 많은가 봐요. 전에 봤을 때보다, 기운이 없어 보여요." 아가사는 카페 문을 잠시 바라보면서 말하였다. 그리고 아가사의 목소리가 작아졌다. "오드리는 오늘 엄청 바쁜가 봐요."

"긍정적인 신호인 거 같아요. 글을 쓰는 데 집중하면 좋잖아요." 나도 덩달아 목소리가 작아졌다. 오늘 무슨 일이 있었는지에 대해 이야기했다. 아가사에게 아이들을 케어하는 건 늘 상이었다.

오늘도 어제 이야기했던 아이의 걱정으로 많은 시간을 보냈다고 하였다. 오늘도 이야기를 해 보았지만, 아이의 의견은 확고하였다. 그래서 그런지 아가사의 머릿속이 복잡하다고 하였다. 아이의 부모와 이야기해 보았지만, 부모도 지금 상황에서는 아이를 케어하기는 어렵다고 하였다. 나는 고개를 끄덕이며 곰곰이 생각해 보았다.

"혹시, 임시로 그 아이를 돌봐 줄 수 있는 가정에 그 아이가 있으면 어떨까요? 상황이 괜찮아지면 다시 그 아이의 부모님에게 돌아갈 수 있잖아요."

"그 방안을 아예 생각해 보지 않은 건 아니에요. 문제는 아이가 부모와 떨어지지 않으려고 한다는 거예요. 어떻게 해야 할지 모르겠어요." 아가사의 말을 듣자 내가 너무 일차원적으로 생각했다는 걸 다시 한번 떠올렸다. 약간 벙 찐 느낌이 들었다.

"아! 맞다. 혹시 전화번호를 알려 줄 수 있어요?"

"제 전화번호요?" 나는 놀랐다. 그냥 놀란 정도가 아니라 뇌에서 생각이 멈출 정도였다. "그럼요." 얼떨떨한 느낌이었다. 오드리를 제외한 다른 손님하고는 번호 교환을 한 적이 없는데 오드리와 연락처를 교환할 때와는 또 다른 느낌이었다.

"고마워요. 그리고 걱정하지 말아요. 자주 연락하지는 않을게요." 아가사의 표정에는 장난기와 기쁨을 머금고 있는 듯했다. 당황스러운 느낌은 남아 있지만, 금방 사라졌다. "답장이 늦을 수는 있지만, 연락은 언제든지 환영입니다."

"답장이 늦어도 너무 늦잖아." 옆에서 오드리가 실눈으로 나를 바라보고 있었다. "오늘 가게 오픈하냐는 문자에 어떻게 다음날 답장해."

"그때는 바빠서 그랬어, 그리고 그때 미안하다고 했잖아." 그걸 아직까지도 마음에 품고 있을 거라 생각지 못했다. 아니면 그냥 장난을 친 건가 하는 생각도 들었다.

"글은 어때?"

"아니, 전혀 머리를 시켜야 할 거 같아요." 나는 그 방법이 좋을 것 같다고 짤막하게 대답하였다. 오드리와 아가사는 각각 본인들의 핸드폰을 꺼내서 확인하였다. 밀려 있는 문자에 답장을 하거나, 페이스북이나 인스타그램 같은 소셜네트워크를 확인하는 듯했다. 아리아가 방문하여 내가 피드백을 해줘야 할 작품을 주면서 커피를 테이크아웃했다. 아리아가 음료를 기다리면서 오드리와 이야기를 나누고 있었다. 음료가 나오자 아리아와 오드리는 카페 밖을 나섰다. 다음에 온다는 말과 함께 말이다.

아가사는 계속 핸드폰을 보고 있었다. 나는 식기류들의 세척과 정리를 하였다. 정리마저 끝나자 나는 멍하니 창밖을 바라보았다. 시계는 11시 5분을 향해가고 있었다. 아가사도 자리에서 일어났다. 아가사에게 인사를 하고 나서 카페의 문을 닫았다.

015

아침에 햇살이 나를 비췄다. 오늘의 아침 햇살은 따스한 느낌보다는 따갑게 느껴졌다. 내가 원하던 아침 햇살의 느낌이 아니었다. 환기를 하기 위해 창문을 열었을 때에 햇살의 뜨거운 열기가 방으로 들어왔다. 산책을 하기에는 모르겠지만, 창가에 앉아 커피 한잔을 마시기에는 충분한 날씨였다. 따가운 햇살에 기분이 좋지 않지만, 햇살 전해주는 뜨거운 열기는 기분이 좋았다. 무엇이든지 단점 혹은 장점만이 있는 것은 아닌거 같다. 창가에 앉아 밖을 바라보았을 때 바삐 움직이는 사람들과 여유있게 아침을 즐기는 사람들이 보였다.

평소에 인사를 하고 지내는 몇몇 이웃들은 창가에 앉아 있는 나를 보고서 손을 흔들었다. 소소하지만 작은 행복이었다. 햇살이 점점 더 뜨거워지고, 더 따갑게 느껴졌다. 커피는 미지근해졌다. 길거리에는 사람들이 보이지 않았다. 커피잔을 챙겨 창가를 떠났다. 미지근한 커피에서는 약간의 커피 향만이 남아 있었다. 카페 오픈하기 전까지 시간이 남아 약간의 낮잠을 가졌다.

*

오늘은 낮잠을 자서 그런지 어제보다 정신이 맑은 것 같다. 오늘은 카페와 밖에도 한적했다. 고요함에 밖에 지나다니는 차 소리만이 크게 들렸다. 새삼스럽게 이런 상황에서 느껴지는 것이지만, 런던에는 정말 많은 차들이 다닌다는 걸 느꼈다.

사람들이 약속이라도 한 듯이 밖에 지나다니는 사람들이 보이지 않는다. 길에는 차가 지나다니는 소리만이 가득 채웠다. 멍하니 밖에서 들리는 소리에 집중하였다. 특별한 소리는 들리지 않았지만, 그 안에서 특별함을 찾고 있었다. 그 특별함이 무엇인지 잘 모르겠다. 어쩌면 평범한 일상적인 소리에서 평범함을 찾는다는 게 이상한 소리일지는 모르겠지만 멍하니 소리를 들어 보았다. 인기척이 느껴졌다. 아리아가 앞에 앉아 있었다.

"무슨 생각을 그렇게 골똘히 해요?" 아리아는 나를 빤히 바라보았다.

"그냥, 여러 가지 생각을 잠겨 있었어요."

"그렇군요, 카페라떼 한 잔 주세요." 아리아의 미간이 좁혀졌다. "그러고 보니 아르바이트생을 채용할 생각은 없어요? 혼자 손님 응대하고, 음료 제조하고, 청소를 하는 건 힘들잖아요." 아리아는 카페를 두리번거렸다. "그리고 하루쯤은 본인을 위해서 쉬면 좋잖아요."

"아르바이트생을 고용할 생각을 여러 번 해봤어요. 그런데 밤에만 오픈을 하는 카페에 일을 하려는 사람이 있을까 하는 의문이 있어요." 아리아에게 카페라떼를 전했다. "한 달 동안, 채용공고를 올려놓았는데 지원을 하는 사람이 없더라고요. 지원자가 나타날 때까지 기다리고 있어요." 아리아는 고개를 끄덕이면, 커피를 한 모금 마셨다.

"혹시, 내적으로 힘들 때 어떻게 해요?" 아리아는 펜과 수첩을 꺼내면서 나한테 물었다. "아, 한번 적어 보려고요." 내가 미간을 모으자 아리아가 급하게 말했다.

"저는 내적으로 힘들 때, 그냥 창밖을 내다보거나 산책을 해요."탐탁지 않은 기분이 들었다. 하지만 아리아는 내 말을 들었는지 안 들었는지는 모르겠지만, 빈 수첩만을 바라보고 있었다.

"혹시 그게 다인가요?" 아리아의 표정에서 무엇인가 답을 원하는 것 같았다. 하지만 나는 아리아가 원하는 것이 무엇인지 알고 있지 않다. 알고 있다 한들 내가 원하는 답을 줄 수 없을 것이다.

나는 짤막하게 '네'라고 말을 하며 고개를 끄덕였다. 아리아는 약간의 신음 소리를 내며 고개를 끄덕였다.

"사람 마음이라는 게 신기하지 않아요? 감기가 걸리거나, 배탈이 나거나 그러면 약을 먹고 충분히 휴식을 취하면 괜찮아지지만, 마음은 아프면 보이지도 않고, 약도 없는 거 같아요. 그냥 묵묵히 이겨내는 것 이외에는 머릿속에서 떠오르는 방법은 없어요. 제 질문에 기분이 나빴다면 미안해요. 특별한 이유는 없어요. 그냥 당신이 어떻게 이겨내는지 궁금했어요."

"어쩌면, 저한테 말을 하는 게 괜찮아지는 방법 아닐까요? 당신이 말한 것처럼 감기나 배탈 같은 경우는 약을 복용하고, 푹 쉬는 게 나아지는 방법이라면, 마음이 아프면 누군가에게 말하는 하는 것이 마음에게 약을 복용하고 쉬는 것이 아닐까요?” 말을 하고 나서 괜히 말을 했나 하는 생각이 들었다. 아리아가 웃어도 이상할 게 없었다.

“맞아요. 하지만 그게 쉽지 않죠, 몸이 아프면 병원에 가는 건 쉽지만, 마음이 아프면 누군가에게 말을 하는 건 쉽지 않아요.” 아리아는 밝게 웃었다. 그 이유가 내가 한 말 때문에 그런 것이라 생각했다. “그러고 보니 카페에서 사람들의 말을 들어주고 상대해주는 거 힘들지 않아요?”

“어렵죠, 그것도 많이.”

“그런데 왜 받아주는 거예요? 거절할 만도 하잖아요.”

“딱히 이유는 없어요. 그 사람들도 단지 말할 곳이 없어서 그런 거 아닐까 하는 생각으로 듣고 있어요. 솔직히 대부분의 사람들의 이야기는 기억나지 않아요. 그냥 들어주기만 하는 거니까요.” 아리아는 생각에 잠긴 듯했다.

“하긴, 본인의 속마음을 말하는 경우는 흔치 않죠. 이유는 모르겠지만, 말을 하는 게 어렵기도 하고요. 그래도 저의 말을 들어줘서 고마워요.”

“나를 편하게 생각해줘서 고마워요.” 나는 마른 수건으로 컵을 닦았다.

아리아하고는 이런저런 이야기를 하였다. 본인도 글을 쓰고 싶었는데 도저히 써지지 않는다고 이야기했다. 컴퓨터를 켜서 문서 프로그램을 키면 하얀색 문서 프로그램에서 깜빡이고 있는 커서만을 바라보고 있다는 것이다. 본인이 재능이 없다고 생각하였다고 했다.

하지만 글을 쓰고 싶었고, 글을 읽는 것을 좋아하다 보니 지금 출판사에서 일을 하고 있다고 하였다.

지금은 여러 작가들이 투고한 글들을 읽고 피드백을 하는 게 즐겁다고, 언젠가는 꼭 본인만의 이야기를 쓰고 싶다고 하였다. 나는 조용히 이야기를 들었다. 그동안 많은 이야기를 듣고 있었다. 그동안 생각해 둔 아이디어도 많은 듯했다.

많은 이야기가 오고 갔다. 중간중간 손님이 들어올 때마다. 이야기가 끊어졌지만, 그럴 때마다 아리아는 커피를 내리는 모습을 보고 있는 듯했다. 손님이 나간 뒤 아리아는 커피를 내리는 방법에 대해서 물어보았다. 나는 내가 알고 있는 방식대로 커피 내리는 방법을 알려 주었다. "제 개인적인 견해이긴 하지만 커피를 내릴 때 정성에 따라 맛이 달라지는 건 확실한 거 같아요."

"그런가요?"

"그럼요. 커피에는 커피를 내리는 사람의 정성도 같이 담기는 것 같아요." 나는 고개만을 끄덕였다. "이만, 가볼게요. 오늘 이야기 들어줘서 고마워요."

"조심히 들어가세요. 다음에 봬요." 나는 카페에 남아 글을 읽으면서 시간을 보냈다.

016

아침에 눈이 뜨기가 힘들었다. 남은 많은 하루 중에 오늘이 첫날이라는 생각하면서 부스스하게 일어났다. 방에 앉아 있으며 많은 생각이 들었다.

많은 생각에 사로잡혀 공책에 끄적였다. 그와 동시에 카페에 원두가 여유있게 남아 있나 하는 생각이 들었다. 정말 여러 생각들이 머릿속을 가득 채웠다. 침대와 책상 앞에 앉아 있다가, 창가에 앉아 창밖을 바라보기도 했다. 여러 생각에 잠겨 집에서 시간을 보냈다.

*

아직 여러 생각들에서 벗어나지 못한 듯했다. 약간 멍한 상태에서 창밖을 바라보았다. 그때 핸드폰 알림이 울렸다. 아가사에게서 온 문자였다.

아이가 임시 보호 가정으로 가게 되었다고 하였다. 그래도 일이 빨리 해결되어서 다행이라는 생각이 들었다. 아이가 임시 보호 가정으로 가게 되면서 많은 서류를 정리를 하게 되어서 정신이 없지만, 그래도 안심이 된다고 하였다. 나는 '고생 많았어요.'라고 짤막하게 문자를 보냈다.

곧바로 스마일 이모지 답장이 왔다.

"안녕하세요." 앤과 엘리였다. 마지막으로 본 게 언제였는지 가물가물했다. "안녕하세요. 그동안 어떻게 지내셨나요?"

"인사는 변함이 없네요." 앤은 웃으며 말했다. 확실히 전보다는 분위기가 밝아졌다. "그런가요? 그래도 제일 무난한 인사인 거 같아요." 엘리는 내 말에 공감했다.

"저는 디자인 업무를 하면서 지내고 있었어요. 정말 정신없이 지냈어요." "전 환자들을 진찰하면서 보냈어요. 특별함을 찾아보기 힘든 날들의 연속이죠."

앤과 엘리는 각각 본인들이 어떻게 지냈었는지 말하였다. 그들의 말을 들으며 나는 조용히 커피를 제조하였다. 앤과 엘리는 고맙다고 하였다. 그들은 메뉴를 말하지 않았지만, 에스프레소를 내렸다. 앤과 엘리는 특별한 게 없다고 하지만, 평범한 일상을 이야기를 하는 것이 특별하다고 생각하였다.

"두 분께 실례가 안 된다면 한가지 질문이 있습니다." 엘리와 앤의 이목이 집중되었다. 약간 부담되었다. 괜히 말을 걸었나 하는 생각이 들었다. "혹시, 두 분께서 어떻게 감정을 푸셨는지 궁금해서요."

"저희도 그게 고민이었어요. 어떻게 서로의 감정을 풀고 어떻게 하면 나의 생각을 전할지 말이에요." 엘리가 먼저 입을 열었다. "단지 생각만 하고, 입을 열지 않으면, 서로의 소리를 듣지 않으면 소용이 없더라고요. 그래서 오랜 시간 이야기를 했어요. 그 사이에 앤은 디자인 회사에 들어가서 일을 하게 되었고, 저도 앤의 입장을 생각해 보게 되었어요."

"저도 그동안 엘리의 말을 듣지 않고, 저의 고집만을 내세웠던 거 같아요. 그리고 지금 하고 있는 디자인도 즐거워요." 앤은 나를 빤히 바라보았다. "그러고 보니 당신은 고민이 없어요? 혹은 당신의 이야기요." 전에도 이 질문을 들었다. 내 자신을 이야기하거나 내 고민을 이야기하는 것이 어렵다.

"글쎄요, 저의 이야기를 하기 어렵네요. 단지 저를 소개한다면 다른 사람들에 비해서 이룬 게 없는 것 같다고 할까요?" 말하고 나니 어색했다. 오글거린다는 표현이 맞겠다. "음…. 이룬 게 있지만, 정작 본인이 보지 못한 게 아닐까요?" 엘리가 작은 목소리로 나에게 말하였다.

"그런가요?" 나는 그의 말이 이해가 되지 않았다.

"한번 말해봐요. 그냥 느낌이라도 말이에요." 앤이 무섭게 말을 덧붙였다.

"글쎄요. 저의 심정을 어떻게 표현을 해야 할지 잘 모르겠어요. 그게 제일 어려운 거 같아요." 나의 미간이 모아졌다. 미간을 피려고 했지만, 많은 생각이 들었다.

"그러면, 본인을 표현하도록 해 보는 게 좋지 않을까요? 제 생각이지만, 본인과 이야기를 하지 않는 거 같아요." 엘리는 조근조근 이야기했다. 그리고 나의 마음속에 많은 물음표들이 생겼다.

"그런가요? 다른 사람들의 이야기를 듣는 건 익숙하지만, 저의 이야기를 한 적이 없는 거 같아요. 더불어, 누군가에게 저에 대해서나 저의 고민을 말하지 않았어요."

"확실히 많은 연습이 필요하겠네요." 앤의 미간이 좁혀져 있었다. "한번 용기를 가져봐요. 지금 당장 본인의 마음을 열고 편하게 말을 할 수 있는 사람들을 떠올려 보세요. 일단 그 사람에게 말을 해 보는 게 어때요?" 엘리는 옆에서 고개를 끄덕이며 앤의 말에 동의하였다. "한번 시도해 봐야 할 거 같아요. 확실히 저 자신과 이야기하거나, 누군가에게 제 자신의 고민을 말한다는 게 말이에요." 앤과 엘리는 고개를 끄덕였다.

"혹시 원두도 별도로 판매하시나요?" 엘리는 두리번거리며 카페를 살폈다.

"아니요, 원두는 별도로 판매하고 있지는 않아요. 필요하시다면 좀 드릴 수 있습니다."

"좀 주시면 감사하겠습니다."

"가실 때 말씀해 주세요. 그때 준비해 드리겠습니다." 엘리는 고개를 끄덕이며, 앤과 이야기를 나누었다. 그의 목소리는 작지만 신기하게도 또렷하게 들렸다.

앤은 지금 다니고 있는 디자인 회사에 만족을 하는 듯했다. 디자인 회사를 다니면서 시간이 날 때마다, 그림을 그리는 듯했다. 현실과 이상 사이에서 고민을 하였는데 그 사이에서 길을 잃지 않고 찾아서 다행이라는 생각이 들었다. 그런 앤을 보면서 한편으로는 부럽다는 생각이 들었다. 부러움을 넘어 존경스러웠다.

내 마음속에 있는 시계 소리를 들으며 시간을 보냈다. 중간에 몇몇의 손님들이 테이크아웃을 해갔다. 손님들이 테이크아웃을 위해 방문할 때마다, 시계 소리가 들리지 않았다. 오드리와 아리아가 같이 들어왔다. 반갑게 인사를 하였다. 오드리와 아리아는 각각 음료를 주문하고, 자리에 앉아 이야기를 하였다. 덕분에 카페가 따뜻해졌다.

"에스프레소 한 잔 더 줄 수 있을까?" 오드리가 다가와 말했다.

"당연하지, 그런데 에스프레소 두 잔이면 카페인 너무 많이 마시는 거 아니야?"

"전에도 많이 마셨는데 괜찮아, 그래도 걱정해줘서 고마워." 걱정이 되긴 하였지만, 커피를 내려 오드리에게 건넸다. 오드리는 고맙다는 짤막한 말을 건네면서 커피를 가져갔다. 한참 동안 허공을 멍하니 바라보다. 아리아가 건넨 글이 생각이 나 글을 읽어야겠다는 생각이 들었다. 이번에 피드백을 부탁받은 글은 내 머릿속에 장면이 그려지지 않았다. 빈 공간에 머릿속에 그림이 그려지지 않는다고 적었다. 그리고 계속해서 읽어 내려갔다. 앤과 엘리의 작은 언쟁과 화목한 이야기, 아리아와 오드리의 일상과 문학에 대한 이야기가 들려왔다. 일정하지 않은 소리이지만, 라디오를 듣는 거 같아서 좋았다. 테이크아웃을 하러 온 손님이 착용하고 있었던 헤드셋 너머에서 아델의 노래가 들려왔다. 분명 들어본 노래였는데 제목은 기억나지 않았다.

"피드백 작성하는 건 어렵지 않아요?" 아리아가 나지막하게 말을 걸어 왔다.

"괜찮아요. 조금은 어렵지만 크게 문제되진 않아요." 나도 나지막하게 대답하였다.

"그래도 해나가네요."

나는 고개만 끄떡였다. 너무 단조로운 반응이 아닌가 하는 생각이 들었다. 아리아가 나를 빤히 바라보았다. 나 또한 빤히 그녀를 바라보았다. 그리곤 아리아는 키득거렸다. 그녀의 웃음에 나도 덩달아 웃게 되었다. 처음에는 무슨 하고 싶은 말이 있나 하고 생각했었지만, 그게 아니었나 보다. "레몬에이드 한 잔 주세요."

머쓱했지만, 음료를 제조해서 아리아에게 전달하였다. 아리아는 음료를 받고 자리로 돌아갔다. 앤과 엘리가 자리에서 일어났다. 다음에 또 오겠다고 하였다. 나는 인사를 하였다. 아리아와 오드리는 앉아서 이야기를 나누고 있었다. 나는 조용히 앉아서 글을 읽었다.

조용하고, 편안한 밤이 깊어져 갔다.

017

오드리 (3)

제임스와 마지막으로 대화를 나눈 게 언제인지 기억이 가물가물하였다. 나도 내 일이 바빠서 카페에 자주 가지 못하고, 가더라도 글을 쓰는 데에 열중하느라 대화를 거의 하지 않았다.

알고 지낸 지는 얼마 안 되었지만, 왠지 같이 있고 같이 대화를 나누면 편하게 하는 묘한 매력이 있는 친구이다. 페이스북에는 늘 본인이 내린 커피 사진을 올리는 친구이지만, 그 친구 나름대로의 철학이리라 생각하고 있다. 별다른 설명 없이 커피 사진만을 올려져 있었다. 카페에 손님이 없을때 연습을 하는 건지 아님, 심심해서 그런 건지는 잘 모르겠다. 그리고 보니 전에 연습을 한 거라면서 나한테 커피를 주었던 기억이 있다. 그때는 당시를 떠올려 보니 피식하고 웃음이 나왔다. 글을 써야 하지만, 페이스북을 떠나지 못하고 스크롤을 내리면서 시간을 보냈다.

018

오늘 전에 주문한 원두가 들어왔다. 원두를 정리하랴, 손님 응대하랴 정신이 없었다. 많은 다른 생각은 전혀 가질 수 없는 상황이었다. 정신없이 카페 정리를 하며 손님을 응대하면서 유일하게 든 생각은 직원 한 명을 빨리 뽑아야겠다는 생각이었다. 한가할 때는 상관없지만, 사람들이 한꺼번에 몰려들 때는 나 혼자서는 벅찼다. 바삐 움직이면서 보인 손님들의 표정은 본인이 주문한 음료가 빨리 나오지 않아서 짜증이 난 표정들뿐이었다. 충분히 이해를 할 수 있는 부분이었다. 손님들이 나가자 숨을 돌릴 수 있는 시간이 생겼다. 몸에 있는 모든 힘이 빠져나간 거 같다. 멍한 기분으로 핸드폰 체크 하였다. 몇몇 광고 문자들이 와 있었다. 멍한 상태에서 광고 문자를 보니 그렇게 썩 달갑지는 않았다. 광고 문자를 삭제하면서 SNS를 확인하였다.

지인들이 카페에서 찍은 사진을 SNS에 올렸다. 그 이외에도 공원 혹은 바닷가에서 찍은 사진이 올라와 있었다. 쉬는 날에 다양한 곳들을 다니는 거 같았다. 내심 부럽다는 생각이 들었다. 아무 생각 없이 스크롤을 내리면서 지인들이 올린 사진들과 글을 보았다.

문에 달린 종소리가 들려 깜짝 놀라 바라보았지만, 문이 바람에 흔들려서 종소리가 들렸다. 잠시 문에 달린 종을 바라보았다. 그와 동시에 이유 모를 공허함이 몰려왔다.

공허함을 느낄 때마다 드는 생각이지만, 나는 몸만 성장했다는 생각이 든다. 이 몰려오는 공허함을 밀어내는 방법을 모르고 있다. 크게 숨을 들이쉬고 내쉬었다. 공허함을 떨쳐내기 위해서 오늘 판 커피가 몇 잔인지 계산해 보고, 책을 읽고, 피드백을 작성하고 봉투에 담았다. 아리아에게는 피드백이 완료되었다는 문자를 보냈다. 생각지 못하게 아리아에게서 내일 카페를 방문하겠다는 답장이 빠르게 왔다. 나는 스마일 이모티콘을 보냈다. 아무도 오지 않은 카페에 멍하니 앉아서 시간을 보냈다. 카페에서 온전히 나 혼자만 있는 건 처음인 거 같다. 늘 누군가와 함께 있었는데 이제는 나 혼자 카페에 있으니 공허함이 맴돌았다. 그렇게 카페에서 밖을 풍경을 바라보고, 핸드폰을 바라보다가 카페를 정리하고 하루를 마무리했다.

*

카페에서 나와 밤거리로 나와보니 밤의 차가운 공기가 몸을 휘감았다. 몇몇 사람들이 담배를 피고 있었다. 그 사람들 옆을 지나가면서 담배 냄새를 맡아서 그런지 마음 한구석에서 담배를 피고 싶다는 욕구가 올라왔다. 그 욕구를 억누르며 집으로 향했다.

*

어젯밤에 맡았던 담배 냄새가 머릿속을 맴돌았다. 담배를 끊으면서 다시는 피지 않겠다고 다짐했지만, 담배 냄새를 맡았을 때 피고 싶은 욕구가 생기는 건 어쩔 수 없나 보다.

커피를 내리면서 핸드폰을 확인해 보니 페이스북 알림이 몇개 있었다. 페이스북에 접속해 보니 오드리가 내 글에 '좋아요'를 눌러 두었다. 기분이 묘했다. 이런 기분 때문에 사람들이 인스타그램이나 페이스북에 '좋아요'를 받기 위한 것인가 하는 느낌이 들었다. 다 내려진 커피를 가지고 소파에 앉아 핸드폰으로는 뉴스를 확인하였다. 정치와 경제 그리고 연예계와 관련된 기사들로 가득했다. 제목들은 자극적이었지만, 들어가서 확인해 보고 싶은 뉴스는 없었다. 괜히 뉴스 포털사이트에 들어갔다는 후회가 들었다. 잠깐 산책을 하기 위해 밖을 나섰을 때 세 명의 노인들이 의자 앉아 햇볕 아래에서 시간을 보내고 있었다. 인사를 건넸지만, 그들은 무미건조하게 고개만 끄덕이며 반갑다고 하였다. 나 또한 고개를 끄덕이며 공원으로 향했다. 그렇게 공원을 한 바퀴 돌고 다시 집으로 돌아왔다.

*

카페 앞에 '캐시'라는 여성이 서 있었다. 전에 나한테 공원에서 보았다며, 인사를 건넸던 여성이었다. 내가 어색하게 인사를 하자, 그녀는 카페가 언제 오픈하는지 몰라 무작정 기다리고 있었다고 하였다. 나는 기다리게 해서 미안하다고 사과를 건넸다. 그녀는 괜찮다며 미소를 지었고,

나는 부랴부랴 카페 문을 열었다. 그녀는 에스프레소 한 잔을 달라고 하였다. 곧장 음료를 제조해서 그녀에게 전했다. 그녀는 고맙다고 하고 창가 자리에 앉았다.

찻잔에서는 김이 모락모락 올라오고 있었다. 그녀에게 무슨 생각을 하고 있는지 묻고 싶었지만, 왠지 모르게 실례일 거 같다는 생각 때문에 미처 물어보지는 못했다. 어쩌면 실례가 되는 게 당연하다.

오늘은 어제와 다르게 고요해서 나도 카운터에 앉아 시간을 보냈다. 길거리에도 다니는 사람이 없었다. 몇몇 사람들이 퇴근 혹은 출근하기 위해 지나가는 것 이외에는 사람이 보이지 않았다. 이렇게 길거리에 사람이 다니지 않았던 적이 있었는지 곰곰이 생각해 보았다.

카운터에 앉아 얼마나 시간을 보냈을까, 카페 문이 열리는 소리가 들리면서 아리아가 들어 왔다.

"안녕하세요. 오랜만에 보는 거 같네요. 어떻게 지냈어요?" 왠지 모르게 그녀가 반가웠다.

"저는 언제나 똑같죠, 어떻게 지냈어요?" 심심하지만, 내가 할 수 있는 최대한의 답변이었다.

"저도 언제나 똑같아요. 언제나 직장과 집을 오고 가며 지낸다고 볼 수 있죠." 그녀는 메뉴판을 잠시 바라보다가 에스프레소 한잔을 주문 하였다. "그거 알아요? 종종 당신이 부럽게 느껴지는 거?" 아리아의 표정은 밝았지만, 진심인 듯했다.

"어떤 점이 부러운 건가요?" 누군가가 나를 부러워할 것이라고는 생각지도 못했다. 그리고 이때는 몰랐지만, 곰곰이 돌이켜 보면 이때 내가 아리아에게 약간 공격적으로 말을 했던 것 같았다.

"글쎄요. 삶에 여유를 가지고 사는 거요? 카페를 열지 않은 시간에는 완연히 개인의 시간을 가질 수 있잖아요." 아리아의 미간은 조금, 아니. 많이 좁혀졌다.

"글쎄요. 그게 꼭 좋다고 할 수는 없죠. 인생은 멀리서 보면 희극이고, 가까이서 보면 비극이라고 하잖아요." 기분이 썩 좋지는 않았다.

"그런가요? 제가 보기에는 당신의 삶은 여유가 있어 보여서 말이에요."

"음, 어떤 시점으로 보았는지는 모르겠지만, 저의 삶은 썩 여유롭지 않고, 많은 고민을 가지고 있어요. 어떻게 보면 회의감을 가지고 있다는 게 더 맞는 표현이겠군요." 내가 들어도 내 목소리가 격양된 것 같았다. 하지만 마음 한구석에서 분노가 치밀어 올랐다.

"그렇군요. 하지만 제가 보기엔 밤에 카페를 오픈하고, 낮에는 개인적인 시간을 가질 수 있잖아요." 내 안에서 '분노'라는 감정이 조금씩 올라왔다. 하지만 참아야 한다는 이성이 억눌렀다.

"어쩌면 그런 저의 모습이 '부조리'하다고 생각해 보지는 않았나요? 다른 사람들이 출근을 하고, 일을 하는 시간에 일을 하지 않고, 사람들이 퇴근을 해서 '개인적인' 시간 혹은 가족들과 저녁을 보내야 하는 시간에 일을 하고 있으니 말이에요." 내가 말을 하는 동안 나의 목소리, 나의 어투에서 '화'가 느껴졌다.

"저에게는 마음에 여유가 있어서 나올 수 있는 말 같군요."

"왜, 그런 생각을 가지고 있는지는 모르겠지만, 한번 곰곰이 생각해 보길 바랄게요. 아리아, 당신이 했던 말은 못 들었던 걸로 할게요." 아리아는 숨을 크게 들이마시고 내쉬었다. 그리고 침묵이 이어졌다.

"아까는 미안했어요. 제가 많이 무례했죠?" 아리아가 먼저 침묵을 깼다.

"괜찮습니다. 그래도 사과를 하셨으니, 사과는 받겠습니다." 아리아는 고개를 끄덕이며 나지막하게 고맙다고 이야기했다. 나 또한 특별히 말을 꺼내지는 않았다. 아리아는 핸드폰만 만지작거렸다. 커피는 온기가 사라졌는지 김이 올라오지 않았다. 그래서 그런지 내심 차갑게 느껴졌다. 카페 문이 열리는 소리가 침묵을 지웠다.

"안녕하세요. 잘 지냈나요?"

"저는 언제나 그랬듯이 잘 지내고 있습니다. 아가사는 오늘 하루 어땠나요?"

"저야 늘 똑같아요. 오늘도 어김없이 서류 더미에 둘러싸여 열심히 일을 끝냈어요."

너는 고개를 끄덕이며 공감을 해주었다. 솔직한 감정으로는 지금까지 사무실에서 일해 본 적이 없어, 아가사가 서류 더미에 둘러싸여서 힘들었다는 말에는 공감이 되지 않았다. 아가사가 종종 아이들과 아이들의 부모님의 상담을 하는 과정이 힘들다는 말에는 어느 정도 공감이 되었다.

아가사는 아리아에게 어떻게 오늘 하루 어땠는지 물었고, 아리아는 약간 무미건조한 말투로 잘 지내고 있다고 대답하였다. 이유는 잘 모르겠지만, 아가사는 더 이상 묻지 않았다. 이걸로 아가사와 아리아는 대화를 마쳤으며, 아가사는 나에게 취미나 평소에 가지고 있는 생각들을 물었다. 취미는 어렵지 않게 대답할 수 있었지만 내가 평소에 가지고 있는 생각에선 대답하기가 어려웠다.

아가사와 이야기를 하면서 아리아와의 약간의 언쟁이 있었어서 그런지 아리아가 조금은 신경이 쓰였다. 따로 사과를 해야 하는지도 고민에 빠졌다. 하지만 어떻게 말을 꺼내야 할지 기준이 잡히지 않았다. 아리아는 커피를 마시면서 핸드폰을 조금 확인하다가 자리에서 일어났다. 다음에 또 오겠다고 이야기하고 카페를 나섰다.

"아리아가 오늘 기분이 좋지 않은 일이 있나 봐요." 누가 듣기라도 한 듯, 아가사는 목소리를 낮추면서 말하였다. 나는 고개를 끄덕이며 '그런가 봐요.'라고 짤막하게 대답했다. 마음이 편치는 않았다. "오늘 안 좋은 일 있었어요?" 아가사는 나를 빤히 바라보았다.

나는 고개를 저으며 오늘 안 좋은 일은 없다고 대답하였다. 아리아와 언쟁을 한 것, 그로 인해 기분이 좋지 않다는 걸 말하고 싶었다. 하지만 무슨 이유에서 인지 '괜찮다'는 말이 나왔다. 잠시 생각에 잠겼다.

"궁금해서 그러는데 멍을 때리는 건가요? 아님, 생각을 하고 있는 건가요?" 아가사가 속삭이듯이 나에게 말했다.

"잠시 딴생각을 했어요. 혹시 무슨 말을 저에게 했었나요?"

"아니요. 멍을 때리고 있었어요. 그래서 그냥 멍때리고 있는 건지, 아님 생각에 잠긴 건지 궁금해서요."

나는 고개를 끄덕였다.

"혹시, 크리스토퍼 기억하나요? 그 프로그래밍을 하시는 분이요? 그분 어떻게 지내는지 알고 있나요? 게임을 제작한다는 거 같은데 다음에 만나면 물어보려고 했는데 제가 오는 날에 안 오는 건지 아니면 최근에 온 적이 있는지 궁금해요."

나는 잠시 생각에 잠겼다.

"최근에 온 적은 없어요. 바빠서 못 오는 게 아닐까요? 카페에서도 늘 랩탑을 두드리면서 코딩을 하는 모습만 기억이 나네요. 아마 바빠서 못 오는 거겠죠."

아가사는 고개를 끄덕이고 콧노래를 흥얼거렸다. 무슨 노래인지는 모르겠지만, 괜히 마음이 말랑해지면서 기분이 좋아졌다.

나는 무슨 노래인지 물어보았지만, 아가사는 무슨 노래인지 모른다고 하였다. 그냥 아무런 의미 없이 흥얼거린 거라고 대답하였다. 나는 미소를 지으면, 고개를 끄떡였다. 어떤 노래일까 하는 궁금증이 머릿속에 맴돌았다.

"무슨 생각을 골똘히 해요. 마치 다른 세계에 빠진 것처럼 말이에요." 아가사가 턱을 괴고 있었다. 나는 아가사의 눈을 빤히 바라보았다. 갈색 눈동자에 검은색이 섞여 있었다.

"아무 생각 안 하고 있어요. 특별히 생각을 한 것도 아니고요."

"그래요? 골똘히 생각에 잠겨 있는 것 같아서요."아가사는 나를 빤히 바라보았다. 나도 그녀를 빤히 바라보았다.

"다른 사람들의 시선에서는 골똘히 생각에 잠긴 것처럼 보이나 보네요. 그냥 멍하니 있는 건데 말이죠." 아가사는 내 말에 고개를 끄덕였다.

"그렇군요. 그래도 생각에 잠기는 것도 괜찮아요. 생각에 잠기면 어느 곳이든 갈 수 있잖아요." 아가사의 시선이 어디로 향해 있는지 모르겠다. "생각이 너무 많으면 문제지만, 적당하면 좋은 거 같아요."

나는 고개를 끄덕이기만 하였다. 아가사는 찻잔을 손가락으로 부드럽게 쓸어 만지고 있었다. 나의 시선은 빈 테이블을 비롯한, 빈 공간을 바라보았다. 아가사와 나 사이에 정적이 흘렀다. 멍하니 빈 공간들을 바라보면서 여러 생각에 빠졌다. 특별한 생각이라기 보다는 한 생각이 꼬리에 꼬리를 물면서 이어진다. 삶에 대한 생각으로 시작해서 어디로 향할지 모를 생각의 여행을 떠났다.

드문드문 아가사에게 눈길을 두었다. 아가사는 중간중간 핸드폰을 확인하였지만, 금방 흥미를 잃었는지 금세 핸드폰을 테이블 위에 두었다.

"이렇게 카페가 조용한 날에는 뭐하나요? 카페를 정적이 가득 메워서 그런지 고독하게 느껴지는데 말이죠." 나는 골똘히 생각에 잠겨다.

"그냥 생각을 하거나 책을 읽고, 뒷정리를 한 다음에 카페 문을 잠그고 집으로 가요. 특별히 뭔가를 하지는 않아요."

"무언가, 다람쥐 쳇바퀴 돌듯이 똑같은 일상을 반복하는군요." 아가사의 반응은 심드렁했다. "그래도 본인이 만족한다면 그걸로 충분하다고 생각해요." 그 말을 듣고, 나는 옅은 미소를 지었다.

나도 무언가 말을 해야겠다는 생각이 들었지만, 어떤 말을 해야 할지 전혀 생각이 나지 않았다. 나는 아가사에게 카페에서 집으로 가는 방향을 물었다. 아가사의 말을 듣고 나는 내심 내적으로 환호를 하였다. 이게 긍정적인 것인지, 아니면 그 반대인지는 모르겠지만 아가사와 내가 살고 있는 곳은 그렇게 멀지 않은 곳이었다.

아가사도 내가 사는 집 위치를 듣고 나서 본인과 집 가는 방향이 같다는 걸 두세 번 반복적으로 방방 뛰는 목소리로 이야기했다. 집이 같은 방향이니 카페에서 나설 때 같이 걸어가면 될 것 같다고. 늘 혼자 걸어가기 적적했는데 다행이라고 말했다. 나도 딱히 싫지는 않았다. 집까지 가는 방향이 다르면 상관이 없지만, 방향이 같다면 같이 걸어가도 괜찮겠다 싶었고, 또한 아는 사람이니 나쁘지 않다는 생각이 들었다. 오늘의 카페에서의 하루는 아가사의 이야기를 들으면서 마무리하였다. 카페 문을 닫고 누군가와 함께 걸어간 것은 오늘이 처음이었다. 집에 들어가는 길에 누군가의 이야기를 듣는 것도 처음이었다. 각자의 집에 도달했을 때 아가사와 계속 작별 인사를 나눴다. 결국 아가사가 먼저 뒤돌아섰다. 아가사의 뒷모습이 보이지 않을 때가 되어서야 나도 집으로 돌아섰다.

019

아침에 일어나서 핸드폰을 확인해 보니 아가사에게서 문자가 와 있었다. '집에 잘 도착했어요?' 문자가 와 있었다. 나는 잘 도착했다고 답장을 보내면서 아가사에게 집에 잘 도착했는지 문자를 보냈다. 아가사는 스마일 이모지로 답장을 해왔다.

텀블러에 커피를 담고 책 한 권을 챙겨서 밖으로 나섰다. 카페에 나가기 전까지는 집에서만 시간을 보내다 보니 답답한 느낌이 들었다. 바람을 쐴 겸 집 밖으로 나섰다. 1층에 어르신들이 햇볕을 쬐고 있었다. 귀가 잘 들리지 않는지 각자 다른 말을 하고 있었다.

오늘 날씨는 하늘에 구름이 많이 껴있었다. 오랜만에 바람을 쐬러 자발적으로 나왔지만 날씨가 썩 좋지는 않았다. 맑은 날씨일 때보다 하늘이 내 머리와 가까워진 거 같았다. 날씨는 맑지 않지만, 따가운 햇살은 없어서 내심 기분은 좋았다. 날씨가 맑지 않아 유일하게 좋은 점은 따가운 햇빛이 없다는 것, 그 점 하나이다.

공원에 앉아 한참 멍을 때렸다. 가지고 온 책은 읽지 않았다. 흐린 날씨임에도 많은 사람들이 공원에서 시간을 보냈다. 늘 그랬듯이 공원에는 혼자 시간을 보내거나 혹은 누군가와 함께 공원에서 시간을 보내는 사람들도 있었다. 나는 그런 사람들을 멍하니 바라보고 있었다. 나를 이상한 눈빛으로 바라보면서 지나가는 사람들도 있었다. 내가 멍하니 공원에 있어서 그런 거 같다. 사람들의 눈초리를 받으며 공원에서 시간을 보내다가 집으로 돌아갔다.

*

카페에 도착하자마자 나는 식기류들을 체크 하면서 장사를 할 준비를 하였다. 많은 사람들과 오늘은 낮에 흐려서 그런지 밤에도 구름이 껴서 달과 별들이 보이지 않았다. 날씨의 영향인지 길가에 걸어 다니는 사람들도 확실히 없어서 공포영화에만 나올법한 장소로 변모하였다. 그 거리를 바라보면서 공포 스릴러의 장면을 머릿속에 그리면서 상상의 나래를 펼쳤다.

상상의 나래를 펼치고 있을때 몇몇 손님들이 들어왔다. 그럴 때마다 괜히 뻘쭘했다. 손님이 이어폰을 착용하고 있었을 때 나름 안심했다. 그 손님들마저 많이 오지 않았다. 시간이 얼마나 흘렀을까 오드리가 오랜만에 왔다.

"그동안 어떻게 지냈어? 너랑 이야기하는 건 오랜만인 것 같은데 말이지." 오드리는 웃었다.

"나는 늘 똑같아. 늘 같은 시간에 카페를 여는걸." 오드리는 고개를 끄덕였다. "그러고 보니 쓰고 있는 글은 어떻게 되어가고 있어?"

"대략, 계획했던 거 기준으로 60% 정도 쓴 거 같아, 지금은 써 내려가는 것보다 기존에 쓴 내용을 읽어보면서 수정할 부분을 계속 수정하고 있어." 오드리는 숨을 크게 들이마신 다음 내뱉었다.

"그렇게 하면, 이야기 완성이 늦어지지 않아?"

"그렇긴 하지. 하지만 내용을 읽어보니 마음에 들지 않은 내용들이 있더라구, 그 부분들을 그냥 지나치지 못한 내 성격이어서 그런지 수정을 해야 직성이 풀려." 나는 오드리에게 물을 내밀었다. 오드리는 물을 한 번에 마셨다. "고마워, 괜히 어떻게 해야 할지 모르겠다."

"많이 힘들겠다. 수정은 나중에 하더라도, 한번 소설을 완성해 보는 게 어때?"

"나도 너의 말에 동의해. 그렇지만 수정을 해야겠다는 생각이 머릿속에 떠오른 순간 그 생각들이 머릿속과 내 행동을 지배하는 거 같아."나는 잠시 생각에 잠겼다. "한번 그 생각들을 잊어보기 위한 명상이라도 해 보는 게 어때?" 오드리는 고개를 끄덕이며, '그래야 하나?'라며 짤막하게 대답했다. 나 또한 고개만 끄덕였다.

내 핸드폰 알림음이 들렸다. 아가사에게서 지금 카페에 있냐는 문자가 왔고, 나는 언제나 카페에 있다고 답장했다.

"누구야? 네가 카페에서 누군가와 문자를 하는 건 처음 보는 거 같은데?" 솔직하게 말을 해야 할지 아니면, 그냥 친구라고 대답을 해야 할지 고민이 되었다. 솔직히 내가 왜 이 고민을 하고 있는지 의구심이 들었다.

"아가사야, 오늘 카페에 있냐고, 문자가 왔어."

"아 그렇구나, 그런데 답장을 보내는 표정이 왜 이렇게 밝아? 그런 표정도 처음 보는 거 같은데? 이상해, 뭐야, 둘이 뭐 있어?"

내가 답장을 보냈을 때 어떤 표정을 지었었나? 오드리는 내를 이상하다는 듯이 쳐다보았다. "뭐 괜찮아, 말하기 싫으면 말 안 해도 돼. 언제 아가사를 만나면 물어봐야지." 내 얼굴이 뜨겁게 달아오른 듯한 느낌이 들었다. "언제부터야?"

"커피 한 잔 줄까?" 오드리의 질문을 피하기 위한 말이 이것 뿐이라는 게 한심하게 느껴졌다.

"커피 좋지, 에스프레소 한 잔 줘." 오드리는 미소를 머금고 있었다. 왠지 찜찜한 느낌이 들었다. 오드리는 에스프레소 한 모금 마시고 나서 콧노래를 불렀다.

나도 카운터에 앉아 멍하니 창밖을 바라보았다. 창밖을 바라보면서 곰곰이 생각을 해보니 내가 카페에 앉아 하는 일이라곤 책을 읽거나 창밖을 바라보면서 멍을 때리는 것 이외에는 없다고 느껴졌다. 마치 게임 속 NPC처럼 느껴졌다.

"멍하니 무슨 생각을 해?"

"그냥 이런저런 생각해, 정해진 주제로 생각을 하는 게 아니라 그냥 물 흐르듯이 이런저런 생각을 해. 그냥 정처 없이 돌아다니는 것처럼."

오드리는 '그래?'라고 짤막하게 말을 하고 고개를 끄덕였다. 왠지 모르게 찜찜한 기분이 느껴졌다. 오드리의 시선이 느껴졌지만, 그녀와 마주 보지 않기 위해 다른 일이 없나 하고 괜히 서랍장을 뒤적거렸다.

"괜찮다면, 이 부분을 읽고 너의 생각을 알려줄 수 있어?" 오드리는 볼

펜으로 공책의 특정 부분을 가리켰다. 나의 눈썹은 약간 올라갔다. 고개를 끄덕이며 알겠다고 하였다. 나름 글을 읽을 수 있어서 즐거웠다. 글을 읽는 데에 집중하였다. 글이 전보다 많이 다듬어졌다. 잘 다듬어진 글을 보니 대단하다는 생각이 들었다. 스토리도 괜찮아졌다. 내가 읽고 느껴졌던 생각과 느낌을 오드리에게서 말을 해주었다. 오드리의 미간은 좁혀졌다. 많은 생각이 드는 듯했다. 많은 고민을 하면서 쓴 게 느껴졌다.

"늘, 도와줘서 고마워." 오드리는 미간을 좁힌 상태에서 이야기했다.

"나는 언제든지 도와줄 수 있어." 나는 고개를 끄덕이며 이야기했다.

"근데 정말 아가사와는 무슨 사이야?" 화제를 돌리는 데에 성공했다고 생각했지만, 짧은 생각이었나 보다. 오드리는 다시 주제를 바꾸었으며, 나로서는 질문의 의도를 알지 못했다. "아가사와 나는 아주 평범한 관계야." 최대한 떠올릴 수 있는 대답이었다.

"내가 보기에는 아닌 것 같은데 평범한 관계라니 일단 믿어줄게."오드리는 고개를 끄덕였다. 왠지 형식상 나온 반응인 것 같다는 느낌이 들었다.

오드리는 본인이 쓴 글을 읽으면서 무언가 적고 있었다. 나는 내가 할 일이 있지 않을까 하면서 잠시 주방을 살폈다. 어제 청소할 때는 보이지 않았지만, 약간의 커피 가루가 주방 테이블에 있었다. 어떤 이유에서 어제 청소를 할 때에 보이지 않았는지 잠시 생각에 잠겼지만, 기억이 나지 않아서 생각하는 것을 그만두고, 커피 가루를 치웠다.

커피 가루를 정리하기 전이랑 정리할 때는 몰랐지만 정리를 하고 나니 오드리가 공책을 넘기는 소리와 공책에 무언가를 적어 내려가는 소리가 들려왔다. ASMR처럼 마음이 편해지는 소리였다. 귀는 소리를 듣는 데에 집중을 하고 있었지만, 청소를 끝낸 나머지, 나의 손은 무엇을 해야할지 찾지 못했다.

괜히 핸드폰을 들어서 SNS에 접속하였다. 친구 등록이 되어 있는 사람들의 여행 사진, 어떤 카페에 방문한 사진 등등 여러 사진들이 업로드되어 있었다. 어떤 곳인지 궁금하였지만 이네 그 생각을 멈추었다. 궁금해하고, 원하게 되면서 나의 삶의 의미가 사라질 것만 같았다. 오드리는 나에게 공책을 내밀면서 이 부분은 어때?라고 물었다. 나는 오드리가 보여준 부분의 글들을 읽으면서 나의 생각을 이야기해 주었다. 그럴 때마다 오드리는 고맙다고 이야기하면서 공책의 빈 공간에 메모를 적었다.

"아! 그러고 보니 직원은 구했어?" 오드리는 커피를 한 모금 마셨다.

"아직 구하지는 못했어, 한 분을 면접을 보긴 했는데 딱히 카페에서 일을 하고 싶어하지는 않는 거 같은 느낌이 들었어."

"어째서?" 오드리의 목소리는 약간 올라갔다. 그리고 나를 빤히 바라보았다. "일을 잘하는 일을 하고 싶어 하지만, 보여지는 게 그렇지 않은 것일 수도 있잖아."

"음… 너의 말도 맞지만, 내가 이야기를 나누어 보았지만 최근에 면접을 본 사람은 크게 흥미가 없는 것처럼 느껴졌어. 뭐라고 말을 해야 할까. 굳이 여기가 아니라도 다른 곳에서 일을 할 수도 있다는 것처럼 느껴졌거든."

"음, 네가 그렇다면, 어쩔 수 없지." 오드리는 고개를 끄덕이며 커피를 한잔 마시고, 커피잔을 바라보았다. "혹시 커피 한 잔 더 부탁 할 수 있을까?"

나는 '물론이지'라고 짤막하게 대답을 하고, 커피를 내려 오드리에게 전해주었다. 오드리는 언제나 그렇듯이 고맙다고 이야기했다.

"오늘은 커피에서 쓴맛이 나네. 내 입이 이상해진 건가?" 오드리는 약간 인상을 찌푸렸다.

"아마 로스팅을 하는 과정에서 원두를 태워서 그런 거 같아. 원두를 태울 경우 커피에서 쓴맛이 나더라." 오드리가 들고 있는 커피잔을 빤히 바라보며 이야기했다. "다시 내려줄까?"

"아니 괜찮아, 덕분에 새로운 사실을 알게 되었어." 나는 어깨를 으쓱거렸다. "오늘 카페가 조용하네. 전에 왔을 때랑은 분위기가 달라."

"그런가? 내가 느끼기에는 평소에는 별반 다를 게 없는 거 같은데 말이야."

"어쩌면 늘 카페에 어서 그럴 수도 있어, 나는 간만에 왔잖아, 내가 느끼기에는 전하고 분위기가 달라진 거 같아서 말이야. 크게 인테리어 같은 게 바뀌지는 않았는데." 오드리는 카페 내부를 두리번거리면서 살펴보았다.

"그런가? 나는 잘 모르겠네." 오드리는 내 말에 고개를 끄덕이며, 이유는 모르겠지만, 분위기가 바뀐 것 같다는 말을 몇 번 반복하다가 그만두고, 공책에 집중했다. 오드리의 공책 구석에 볼펜으로 자국이 가득했다. 고민의 자국들이었다.

"안녕하세요. 오랜만입니다." 크리스토퍼와 대니얼이 함께 들어왔다.

"어? 두 사람 오랜만이에요. 그런데 어떻게 같이 들어와요?" 오드리는 크리스토퍼와 대니얼을 번갈아 가면서 바라보았다.

"카페로 오는 길에서 만났어요." 대니얼이 말했다.

"처음에는 누구인가 했는데 대니얼 씨였어. 깜짝 놀랐습니다. 그나저나 두 분은 잘 지내셨나요?"

"저는 평소와 같이 지냈습니다."

"저도요. 글과 씨름을 하고 있는 걸 제외하곤 잘 지내고 있습니다."

"글과 씨름을 하는 것은 많이 어렵죠." 대니얼은 턱을 만지작거리면서 카페라떼 한 잔을 요청했다. 크리스토퍼도 대니얼과 같은 음료를 주문했다.

"커피 나왔습니다."

"감사합니다." 크리스토퍼는 작은 목소리로 대답하였다.

"그러고 보니 게임 제작은 어떻게 되어가고 있나요?" 크리스토퍼는 내 질문에 쭈뼛쭈뼛 대답했다.

"그게, 진전이 잘 안 돼요. 개인적으로 마음에 들지 않아서 계속 수정만 하고 있어요. 그래픽은 제가 할 수 있는 부분은 그리거나 구매를 하고 있지만, 코드를 써 내려가는 과정에서 제가 원하는 기능을 추가하다 보면 버그가 생겨서 계속해서 그 부분을 수정하거나 어떻게 하면 해결을 할 수 있을지 고민 중이에요." 크리스토퍼는 커피를 한 모금 마셨다. "그로 인해서 개발에는 거의 진전이 없어요. 어떻게 하면 좋을지 고민이에요. 대학교 과제는 쉬웠는데 제가 직접 게임을 제작하려고 하니 많이 힘드네요." 크리스토퍼는 숨을 크게 마시고 다시 내쉬었다. "어떻게 해야 할지 막막하게 느껴져요."

나는 조용히 크리스토퍼의 이야기를 듣고 있었다. 나로서는 어떤 이야기를 해야 할지 떠오르지 않았다. 어느새 오드리는 크리스토퍼의 랩탑으로 크리스토퍼가 만든 게임을 해 보고 있었다. 게임에 집중을 하고 있었다. 중간중간 고개를 갸우뚱거렸다.

"중간중간 에러가 있네요. 에러만 제외하면 재미있어요." 한참 게임을 하던 오드리가 입을 열었다.

"그 에러를 어떻게 해결해야 할지 잘 모르겠어요." 크리스토퍼는 머리를 긁적이며 랩탑의 모니터를 바라보았다.

"인터넷에 검색을 해 보는 게 어때요? 해결책이 나올지도 모르잖아요." 대니얼이 호탕하게 말했다.

"저도 그 생각을 해 보았지만, 제 힘으로 한 것이 아닌 것 같아요."크리스토퍼는 랩탑을 손가락으로 가볍게 툭툭 몇 번 쳤다.

"그래도 막히는 부분이 있다면 혼자 전전긍긍하는 것보다는 인터넷에 검색을 해 보면서 해결하는 방법도 좋지 않을까요? 어쩌면 그렇게 하다 보면 대니얼 씨의 말대로 '해결책'이 나올지도 모르잖아요." 나는 넌지시 말을 꺼냈다. 오드리와 대니얼은 여러 가지 방법을 찾을 수 있을 거라 덧붙였다.

크리스토퍼는 다들 조언을 해줘서 고맙다고 대답했다. 한번 인터넷에 검색을 해서 괜찮은 방법이 있는지 찾아보겠다고 이야기하였다.

"그러고 보니 아가사 씨가 쓰고 있는 글은 어떻게 되어가고 있나요?" 대니얼이 오드리에게 물었다.

"머리를 싸매면서 글을 쓰고 있어요. 글을 쓰는 게 쉽지 않아요."오드리는 한숨을 내 쉬었다.

"저는 창작을 해 본 적이 없어서 공감할 수는 없지만, 글을 쓸 때 어떤 느낌인가요?" 대니얼의 질문에 오드리는 잠시 생각에 잠겼다.

"그냥 제 머릿속에 장면을 그린 다음에 머릿속에 있는 걸 글로 '표현'하려고 해요." 오드리는 커피를 한 모금 마셨다. "혹시, 커피 한잔 더 마실래, 카페라떼 한 잔 줘."

나는 알겠다고 하면서 카페라떼를 제조해서 오드리에게 가져다주었다. "고마워." 오드리는 커피를 한 모금 마셨다. "역시 카페라떼는 부드럽고, 따뜻해."

"방금 그 말은 왠지 저한테 몽환적으로 들리네요. 오드리 씨가 글을 써서 그런가 봐요." 대니얼이 옆에서 이야기했다.

"어떻게 보면, 병일 수도 있어요. 어떤 것이든 간에 어떻게 표현을 해야 할지 생각을 하게 되거든요." 오드리는 생각에 잠겼다. "어쩌면 생각하고, 그걸 표현하는 것을 좋아해서 글을 쓰고 있는 것일 수도 있겠네요."

"부럽네요. 저도 다양하게 표현을 하고 싶지만, 그게 쉽지 않더라고요." 대니얼이 말했다. "쉽지 않은 일이긴 하죠, 저 같은 경우는 특정 대상이나 상황을 여러 단어들로 표현해 보려고 해요." 그리고 나를 바라보았다.

나는 오드리에게 도움을 준 적이 있었나 하는 의문이 들었다.

"이 친구는 잘 모르겠지만, 의도치 않게 저에게 많은 도움을 주거든요." 나는 아무런 말을 하지 않고, 곰곰이 생각에 잠겼다.

"어떤 점에서요?" 크리스토퍼가 말을 하였고, 대니얼도 고개를 끄덕였다. 내 시선도 자연스레 오드리에게 향했다.

"음, 제가 쓴 글을 피드백을 잘 해주고, 제 이야기를 잘 들어줘요." 오드리의 시선은 길잃은 아이처럼 어느 한 곳에 있지 못했다. "귀찮아서 거절할 법도 한데. 절 계속 도와주는 친구에요." 잠시 나를 바라보았다.

그래도 내가 종종 귀찮게 생각하는 건 인지했었나 보다. 어쩌면 내가 은연중에 말이나 행동으로 티가 났을지도 모를 일이다.

"그런데 두 사람은 친해진 계기가 어떻게 되나요?" 대니얼이 나와 오드리에게 물었다. 크리스토퍼의 랩탑 자판 소리도 멈췄다.

"오드리는 제 카페 첫 손님이었어요. 며칠 동안은 메뉴 주문 이외에는 이야기하지 않았어요. 그때 오드리는 주구장창 카페에 앉아서 책만 읽고 있었어요." 오드리는 커피를 한 모금 마시면서 고개를 끄덕였다.

"그때는 왜인지 모르겠지만, 제임스하곤 아무런 말을 섞지 않았었어요. 제가 말을 건 것도 이 카페를 이용한 지 한 2개월 정도 되었을 때였을 거예요."

"그때 어떤 책을 읽고 있었는지 기억이 나나요?" 크리스토퍼는 조용히 물었다.

"아마 장 폴 사르트에 『구토』였을 거예요. 그때 읽은 책이 가물가물하네요." 오드리 턱을 괴고 곰곰이 생각에 잠겼다.

"처음 듣는 작가와 제목이네요." 대니얼은 핸드폰으로 무엇인가 확인을 하고 있었다.

"모르는 사람들이 대부분이더라고요." 오드리는 키득거렸다.

크리스토퍼는 어느새 타이핑에 집중하고 있었다. 오드리와 대니얼은 잠시 크리스토퍼를 바라보다가 각자 이야기를 나누었다. 대니얼은 그동안 야간 경비원 일을 하면서 겪은 에피소드들을 늘어 놓았다. 몇몇 이야기에는 겹친 이야기들도 많이 있었지만, 내가 모르는 부분의 이야기여서 흥미롭게 들렸다. 전에 했었던 이야기지만, 야간 경비원 일을 하면서 앉아 있는 시간이 많다 보니 책을 읽게 되었다고 말했다.

나와 오드리는 그 이야기들을 들으면서 고개를 끄덕이며 반응을 해주었다. 그러곤 얼마 지나지 않아 대니얼은 소재가 고갈되었는지 핸드폰만 보고 있었다.

오드리는 공책에 글을 써 내려가면서 중간중간 아가사와 무슨 사이냐고 물었지만, 나는 평범한 친구 사이라고 일축하였다. 시간이 얼마 지나지 않아 아가사도 카페에 왔다. 오드리의 시선이 느껴졌다. 아가사와 오드리는 서로 인사를 하였다. 나 또한 번갈아 가면서 바라보았다.

"아메리카노 한 잔 주세요." 아가사는 조그마한 소리로 말했다. 커피를 내려서 아가사에게 전해주었다. "어제는 잘 들어갔어요?"

"네, 어제는 잘 들어갔어요. 아가사 씨는 잘 들어갔나요?" 옆에서 오드리의 시선이 느껴졌다. 오드리가 글을 쓰는 데에 집중했으면 좋겠다는 생각이 들었다.

아가사는 옆에 있는 오드리의 시선에 아랑곳하지 않는 듯했다. 어쩌면 오드리의 시선을 느끼지 못한 듯 오늘 있었던 일에 대해서만 이야기했다.

처음엔 오드리의 시선이 신경이 쓰였지만, 어느새 글을 쓰는 데 집중을 하는 듯했다. 나 또한 아가사의 이야기에 집중했다. 아가사는 오늘도 여느 날처럼 많은 서류들을 처리하고, 많은 사람들의 이야기를 들어 주었다고 했다. 그 이야기를 듣고 있을 때 크리스토퍼는 먼저 카페를 나섰다. 다음에 또 오겠다는 짤막한 인사를 하였고, 나는 다음에 보자는 인사를 건넸다

"오늘 또한 많은 서류에 쌓여서 지냈군요." 나는 크리스토퍼가 나선 카페 문을 잠시 바라보다 입을 열었다.

"네 맞아요. 하지만 오늘은 약간 무서운 일이 있었어요." 아가사는 커피를 한 모금 마셨다. 무슨 일인지 궁금했다. "오늘 한 중년의 남성분이 사무실에서 흉기를 휘두르면서 난동을 피웠어요. 어떤 점이 마음에 들지 않았는지 모르겠지만, 정말 무서웠답니다." 아가사는 그 일을 생각하면서 옅게 몸을 부르르 떨었다.

"그 사람이 사무실에 들어올 때에 제지하는 사람은 없었나요?" 옆에서 대니얼이 끼어들었다. 약간 심각한 표정을 지었다.

"경비직원 말로는 건물로 들어올 때에 손에 흉기가 없고, 전부터 제가 일하고 있는 기관에 자주 방문하셨던 분이라 별 경계 없이 들어보냈다는 것 같아요. 경비직원분도 많이 놀라신 듯하더라고요."아가사는 숨을

크게 내쉬면서 미간을 좁혔다.

"정말 많이 무서웠겠어요." 나는 짤막하게 말했다. 그러다 오드리와 눈이 마주쳤다. 나는 슬며시 눈을 피했다.

"저 이야기 중에 죄송하지만, 이걸 혹시 잠시 플레이해 줄 수 있을까요?" 크리스토퍼는 아가사의 어깨를 톡톡 두드리면서 이야기했다. "아 그리고 제임스 씨. 커피 한 잔 더 줄 수 있을까요?"

"물론이죠."

내가 커피를 내리는 동안 아가사가 게임을 플레이하는 소리가 들려왔다. 그리고 크리스토퍼가 화장실을 다녀오겠다는 목소리가 들려왔다. 커피는 크리스토퍼가 앉았던 테이블 위에 올려 두었다.

"벌써 커피가 나왔네요. 감사합니다." 크리스토퍼는 나를 잠시 바라보고 바로 옆에 있는 아가사를 바라보았다. 아가사는 게임에 집중을 하고 있어서 그런가, 주변 상황을 인지하지 못하고 있는 것 같았다.

"이 부분에서 캐릭터가 계속 벽에 끼어서 움직이질 못하고 있어요. 제가 보기에는 다른 장면이나 다른 장소로 넘어가야 하는 거 같은데 이렇게 끼어버렸네요." 아가사는 랩탑의 화면을 가리키며 이야기했다.

크리스토퍼는 머리를 긁적거리며 랩탑을 본인 앞으로 가져갔다. 작은 목소리로 '이걸 어떻게 해결해야 하지.'라고 말했다. 목소리가 작아서 거의 들리지는 않았지만, 겨우 들을 수 있었다.

"다시 한번 수정을 해 봐야겠군요." 크리스토퍼는 음료를 한 모금 마시고 이어폰을 끼었다. 응원을 해주고 싶었지만, 이어폰을 끼고 있는 그는 들을 도리가 없을 것이다. 아가사는 잠시 크리스토퍼를 바라보았다. 무언가 할 말이 있는 듯 머뭇거렸지만 그만두었다. "제임스, 혹시 볼펜 하나 빌려 줄 수 있어요?" 아가사는 나를 빤히 바라보았다. 나는 계산대 카운터 서랍장에 있는 볼펜 한 자루를 꺼내서 아가사에게 주었다. "고마워요."

아가사는 수줍은 미소를 지었다. 그와 동시에 옆을 보기가 무서웠다. 오드리가 나를 바라보고 있을지는 모르겠지만 왠지 나를 이상한 눈빛으로 바라보고만 있을 것 같았다.

"제임스, 커피 한 잔 테이크아웃 부탁해도 될까?" 옆에서 오드리의 목소리가 들려왔다. 나는 알겠다고 말한 뒤에 커피를 테이크아웃을 해주었다. 오드리는 기지개를 폈다. "고마워, 다음에 또 올게. 그리고 다음에 오면 네 이야기 좀 들려줘. 갑자기 너의 이야기를 듣고 싶어졌어." 나는 알겠다는 말을 하고 다음에 보자는 인사를 하였다.

"저, 제임스 씨. 러시안 티 한 잔 테이크아웃 해주세요. 저도 이제 집에 들어가 봐야 할 거 같군요." 대니얼의 주문에 나는 음료를 제조해서 대니얼에게 주었다.

"고마워요. 다음에 또 올게요. 또 만나요."

"네, 대니얼 씨. 다음에 또 만나요." 나는 대니얼에게 인사를 건넸다. 그에게서는 긍정적인 에너지가 느꼈다. 야간 경비원으로 밤늦게 일을 하다 보면 부정적인 생각을 가질 법도 한데 그에서는 부정적인 생각이나 에너지가 느껴지지 않았다.

그에게서 배우고 싶은 부분이다. 내 안에는 긍정적인 부분과 부정적인 공존하고 있으며 부정적인 느낌을 타인에게 보이지 않게 부단히 노력을 해도 표출이 되지만 대니얼에게서는 부정적인 느낌이 전혀 느껴지지 않는다는 게 대단하다는 생각이 들었다.

그렇게 생각에 잠겨 있다 보니 몇몇 손님들이 방문을 해서 카페에서 시간을 보냈다. 대부분은 표정에 근심이 가득해 보였다. 자리에 앉아 핸드폰만 바라보는 사람들이 있는가 하면 나에게로 다가와 신세 한탄을 하는 사람도 있었다. 언제든지 들어 줄 수는 있었지만, 내가 손님을 응대할 때만큼은 멈춰주었으면 하는 생각도 있었다. 처음에 술을 마셨을 거라 생각했지만, 술 냄새는 나지 않았다. 그냥 속상한 일이 있어서 신세 한탄을 하는 거라는 판단이 섰다.

나는 잠시 아가사와 크리스토퍼를 바라보았다. 나는 두 사람이 대단하다는 생각이 들었다. 옆에서 사람이 큰 소리로 신세 한탄을 하고 있는데 각자의 일에 집중을 하고 있다는 게 신기했다. 한번쯤 중단을 하고 바라볼 법도 한데 각자의 일에 집중을 한다는 게 놀라웠다

시간이 얼마나 흘렀는지는 모르겠지만 신세 한탄을 하는 사람이 가고 얼마 지나지 않아 아리아가 카페에 방문했다. 아리아는 카페라떼 한 잔을 테이크아웃 주문을 하였지만, 별다른 말을 하지 않았다. 어제는 미안하다는 말을 하고 싶었지만 말이 나오질 않았다. 아리아가 어떤 생각을 하고 있을지도 가늠되지 않았다. 공적인 이야기를 꺼내서 어색한 분위기를 타파해야 하는 생각도 들었다.

이기적인 생각이지만 그저 내 생각을 알아주었으면 하는 마음이었다.

나 또한 다른 사람들과 별반 다르지 않다는 걸 느꼈다. 아리아에게 커피를 건네주고 잠시 생각에 잠겼다. "지미, 무슨 생각하고 있어요?" 아가사가 내 어깨를 두드렸다. 아가사의 얼굴과 내 얼굴이 가까워져 있었다. 나를 지미라고 부르는 걸 보니 나를 편하게 생각하고 있다는 느낌이 들었다. 오묘한 기분이었다.

"별생각은 안 하고 있어요." 나는 아가사의 눈을 빤히 바라보았다. "필요한 게 있을까요?"

"아니요. 혹시 이게 어떤지 봐줄 수 있어요?" 아가사의 손에는 작은 그림이 있었다. 그림에는 한 남성이 그려져 있으며 커피를 내리는 모습을 하고 있었다.

"괜찮은데요? 누굴 그린 건가요?" 아가사는 내 말에 조금 아쉬워하는 표정을 지었다.

"한번 당신이 커피를 내리는 모습을 그려봤어요. 똑같이 생기지 않았나 보군요." 아가사의 표정에서 아쉬움이 많이 느껴졌다. 나는 어떻게 반응해야 할지 몰라 머릿속이 도화지처럼 새하얗게 변했다.

"미안해요. 저인 줄 몰랐어요. 고마워요." 내가 잘한 것인지는 모르겠다.

"괜찮아요. 말을 안 하면 모를 법도 해요." 아가사는 수줍은 미소를 지었다. "그러고 보니 오드리가 오늘 생각보다 빨리 갔네요. 이런저런 이야기를 나누고 싶었는데 말이죠."

"다음에 오면 같이 이야기를 나눠봐요." 아가사는 고개를 끄덕였다.

옆에서는 크리스토퍼가 랩탑 자판을 두드리는 소리가 평소보다 크게 들려왔다.

"오늘은 여기까지 해야겠네요." 크리스토퍼가 기지개를 피며 말했다. "제가 너무 오래 있었나요?"

"아닙니다. 언제든지 오셔도 작업을 하셔도 돼요." 나는 미소를 지어 보였다.

"고마워요. 다음에 또 올게요. 그때는 제가 만들고 있는 게임에 진전이 있었으면 좋겠어요." 크리스토퍼는 가방에 랩탑을 넣으며 말했다. "혹시 다음에 잠깐 제가 만든 게임을 해주실 수 있을까요?"

"언제든지요. 그때는 꼭 문제점들이 해결이 되었으면 좋겠습니다." 나는 어깨를 으쓱했다.

"감사합니다. 다음에 또 올게요." 크리스토퍼는 가볍게 손을 흔들고 카페를 나섰다.

"식상한 질문일 수도 있겠지만, 오늘 어땠어요?" 아가사는 턱을 괸 상태였다. 나는 빤히 아가사를 바라보았다. "오늘 어땠냐는 질문이 식상하거나 부담스러울 수도 있지만 그냥 당신이랑 대화를 하고 싶어서요."

아가사의 말을 들었을 때 마음속에서 따끔따끔하면서 찌릿찌릿한 느낌이 들었다. 말로 표현할 수 없는 기분이었다.

"어떤 말을 해야 할지 모르겠죠?" 아가사는 키득거리며 웃었다. "어떤 말을 해야 할지 혹은 어떻게 반응을 해야 할지 모르겠으면 꼭 눈을 이리저리, 왔다 갔다 하더라고요."

내가 미처 인지하고 있지 못하고 있었던 나의 모습이었다. 확실히 내가 생각하는 모습과 타인이 바라보는 나의 모습에는 괴리감이 존재한다.

"혹시 MBTI가 어떻게 되나요?" 아가사의 질문에 나는 곰곰이 생각을 해 보고 입을 열었다.

"전에 검사를 해 보았을 때 INFP로 나왔어요."

"저랑 한 글자 차이네요. 저는 ISFP에요." 아가사는 턱을 쓰다듬으면서 말했다. 솔직히 MBTI가 그 사람을 잘 나타내는 것인지는 잘 모르겠지만, 대화 소재가 없을 때에는 괜찮은 것 같다.

"그래도 내향적인 건 당신과 제가 똑같네요." 아가사는 밝은 미소를 지어 보였다. "늘 미소를 짓다 보면 힘들지 않나요?" 나는 아가사를 빤히 바라보았다.

"딱히 그렇게 힘들지 않아요. 힘들지만, 그걸 잊어보려고 웃는 거예요." 아가사는 미소를 짓고 있었다. 나는 생각에 잠겼다. "어쩌면 힘들어하는 제 모습을 저 자신이 보기 싫어서 미소를 유지하는 것일 수도 있어요. 일종의 방어기제라고 할까요? 제임스는 방어기제 같은 거 없어요?"

"글쎄요. 딱히 생각을 해 보지 않아서 잘 모르겠어요." 아가사의 질문에는 나를 당황케 하는 질문들이 많았다.

"딱히 생각해 보지 않으면 떠오르지 않은 주제이긴 하죠." 아가사의 미간이 좁혀져 있었다. 그리고 중간에 손님 한 명이 들어와서 테이크아웃을 해 갔다.

"혹시 제가 커피를 직접 내려보아도 돼요?" 손님이 나가기 무섭게 아가사가 말을 꺼냈다.

"그래요. 제가 옆에서 봐줄게요."

아가사는 아이처럼 팔짝 뛰면서 주방으로 들어왔다. 네가 전에 알려주었던 방법이 어렴풋이 기억이 나는지 중간중간 멈칫하는 상황은 있었지만, 그럴 때마다 나에게 물어보았다. 만약에 내가 그 상황이었으면 물어보지 못했을 거 같은데 아가사는 개의치 않았다.

누군가와 함께 주방에서 커피를 내리는 게 처음이다 보니 적응이 되지는 않았지만 오묘한 기분이 들었다.

"한번 마셔볼래요?" 아가사의 손에는 본인이 내린 에스프레소를 들고 있었다. 한 모금 마셔보았을 때 텁텁한 맛이 느껴졌다. 중간에 문제가 있었던 것 같다.

"처음 내린 커피지만, 처음치곤 괜찮아요. 그래도 연습이 많이 필요할 거 같아요."

"제가 마셔보기에는 괜찮은데 바리스타 입에는 아닌가 보네요." 아가사는 본인이 내린 커피를 마시면서 말했다. 그와 동시에 본인이 커피를 만드는 연습을 하게 도와달라 했다.

약간 불편한 마음은 있었지만 내심 싫지만은 않았다. 오히려 기뻤다.

몇 번 아가사가 커피를 내리는 연습을 하는것을 도와주었다. 커피를 마신 건 덤이었다. 오늘 잠을 잘 수 없을 것 같다. 아가사의 커피 제조 연습을 마치고, 정리를 마친 뒤 아가사와 함께 카페를 나섰다. 집에 가는 길에 특별한 대화를 나눈 건 아니지만, 내가 누군가와 함께 길을 걸어가고 있다는 게 신기하면서 색다른 기분이 들었다.

020

어제 커피를 많이 마셨던 탓인지 잠을 제대로 자지 못했다. 침대 위에서 뒤척이며 여러 생각에 사로잡힌 탓이었다.

오늘 공원을 산책할까 했지만, 피로한 탓인지 침대의 중력이 강하게 나를 잡아당기는 것 같았다.

침대에 누워서 곰곰이 생각에 잠겼다. 그렇게 스르륵 눈이 감겼다.

다시 눈을 떴을 때에는 카페를 오픈하기 1시간 전이었다. 나는 부랴부랴 준비를 하고 집 밖으로 나섰다.

*

카페에 도착을 하고 계산대에 있는 포스기를 켰다. 포스기가 켜지는 짧은 시간 동안 주방의 식기들을 다시 한번 닦았다. 늘상 하는 일들이라 특별할 게 없었다.

"안녕하세요." 아리아가 쭈뼛쭈뼛하면서 서 있었다. "잘 지냈어요?"

"저는 잘 지내고 있어요. 잘 지냈나요?" 나는 고개를 끄덕이며 잘 지내고 있다고 대답하였다.

"그땐 정말 미안했어요. 아무리 힘들어도 그런 말을 하는 게 아니었어요." 나는 커피를 내리면서 그녀의 말을 들었다. "어제 카페에 왔을 때 말을 하려고 했었는데 용기가 나질 않더라고요."

"괜찮아요. 그래도 지금 사과를 해주셨잖아요. 그리고 저도 미안해요. 돌이켜 보면 직설적으로 나간 거 같아요." 나는 아리아에게 아메리카노 한잔을 건넸다. "오늘 이 커피 한잔으로 풀어요."

"고마워요."

아리아의 고맙다는 짧은 한마디에서 고마움보다는 미안함이 더 많이 느껴졌다. 나는 아무런 말을 하지 않고, 침묵으로 답했다. 솔직히 어떤 말을 해야 할지 떠오르지 않는 것도 있다.

아리아는 찻잔만을 바라보고 있었다. 어떤 생각을 하고 있는지 궁금했다. 어쩌면 그냥 멍하니 찻잔을 바라보고 있는 것일 수도 있다. 하지만 내 눈에는 어떠한 생각을 하고 있는 것 같았다.

하지만 다른 사람들처럼 무슨 생각을 하고 있는지 물어볼 용기가 나지 않았다. "전에 해준 피드백은 고마웠어요. 덕분에 많은 도움이 되었어요."

아리아가 입을 열었다. 말로 설명 못할 어색한 기류가 흐트러져 깨졌다.

"고맙긴요. 저도 하겠다고 했으니 주어진 것에 열심히 했을뿐이에요. 그리고 관심이 많은 부분이기도 하고요. 서로 윈윈이었죠."

내가 옳은 말을 한 건지는 잘 모르겠다. 아리아는 가볍게 고개를 끄덕이고 있었다. "혹시, 에세이를 써서 출판하고 싶은 생각 없어요?"

뜻밖의 이야기였다. 무슨 말인가 해서 아리아를 빤히 바라보았다.

"글쎄요. 제가 잘 해낼 수 있을지 잘 모르겠네요. 자신이 없다고 표현이 맞는 거 같아요…"

아리아는 티스푼으로 커피를 저었다.

"그냥 생각이 어떤지 궁금해서 물어본 거예요. 아직 생각이 없는 것일 수도 있죠." "한번 생각은 해 볼게요."

"그러고 보니 테이블 촉감이 좋네요. 나무로 되어 있어서 그런가?"

"확실히 나무로 만든 테이블이 손이 닿았을 때 촉감이 좋은 것 같아요. 유리나 철제로 되어 있는 테이블은 차갑게 느껴져서 개인적으로 좋아하지는 않아요."

"그렇군요. 사람들이 낙서를 하고 가면 기분이 나쁘겠군요." 아리아는 테이블 구석에 있는 낙서를 만지작거리며 말했다.

"그렇게 기분이 나쁘지만은 않아요. 누군가가 본인만의 방식으로 추억을 남긴 거잖아요. 무슨 의미로 남겨둔 건지 이해가 되지 않을 때가 많지만요."

"낭만적이네요." 아리아가 웃으면서 이야기했다. "낭만이 사라졌을 거라고 생각했는데 낭만이 남아 있었네요."

나는 빤히 그녀를 바라보았다. 어떤 삶을 살아왔길래 '낭만'이 사라졌다고 느꼈을까 그래도 테이블 구석에 남겨진 낙서를 보고선 '낭만'을 느꼈던 것일까. 어떤 말을 해야 한다는 생각이 들었지만 입이 열리지는 않았다. 아리아는 테이블 구석에 있는 낙서를 만지작거리고 있었다.

"사람들은 왜 본인이 어딘가에 다녀갔다는 걸 남기고 싶어 할까요?"

아리아의 시선은 여전히 낙서에 향해 있었다. "어떤 생각으로 남기는지 궁금하네요."

나는 조용히 아리아를 바라보았다. 아리아는 말을 이어가지 않았다. 생각해 보지 않은 부분이라서 내 머릿속에서 새하얀 물감이 번졌다.

"아가사 말에 공감이 되네요." 나는 무슨 말인가 싶어 고개를 갸우뚱거렸다. "아가사 당신이 무슨 생각에 잠길 때에 특유의 표정을 짓는다고 했는데 방금 당신이 그 표정을 지었거든요."

"그래요? 아가사가 저에게도 그 말을 했었는데 저는 그 표정을 잘 모르겠어요."

"그야 본인이 지은 표정은 안 보여서 그럴 거예요. 혹은 특별히 인지를 못 하고 있어서 그럴 수도 있고요."

"그럴 수도 있겠군요."

아리아는 고개를 끄덕이며 커피를 한잔 더 달라고 하였다. 아리아는 커피를 들고 구석진 곳으로 자리를 옮겼다. 그 자리엔 불빛이 잘 들지 않아서 아리아의 실루엣만 보였다.

그 뒤로 사람들이 오지 않았다. 아리아도 얼마 지나지 않아 찻잔을 내게 주고 카페를 나섰다. 시계를 확인해 보니 12시를 향해가고 있었다. 얼마 있지 않은 식기류를 정리하고 카페 문을 닫을까 하는 생각이 들었다. 잠시 의자에 앉아서 생각을 하다가 결국 정리를 하고 자정이 넘은 시간에 카페를 나섰다.

021

오늘 새벽 1시쯤에 잠에 들었지만 아침 7시쯤에 눈이 떠졌다. 한참을 침대 위에 누워있었다. 오랜만에 아침을 챙겨 먹어야겠다는 생각이 들었다. 계속 누워있으면 침대 밖으로 나서는 게 싫어질 거 같아서 일말의 고민 없이 침대에서 나와 주방으로 향했다.

냉장고를 열어 보았지만 냉장고에는 무엇도 없었다. 그동안 간단하게 편의점 도시락 혹은 샌드위치로만 끼니를 해결하다 보니 냉장고가 황량했다. 음식을 집에서 만들어 먹을 수 있게끔 장을 봐야겠다.

장을 보러 집 밖에 나서자마자 따가운 햇빛이 나를 반기고 있었다. 그렇게 썩 반갑지는 않았다.

뫼르소가 알제리에서 느꼈던 햇빛은 이런 느낌이었을까 하는 생각이 든다. 어쩌면 내가 느끼고 있는 이 따가운 햇빛과 똑같을 수도 있다. 마트에 들어서서 따가운 햇빛을 쬐지 않게 되니 마음이 한결 편해졌다. 그리고 마트에는 에어컨이 틀어져 있어 시원하기까지 했다.

야채 볶음을 할 생각으로 필요한 야채와 과일을 들고 계산을 마트를 나서서 따가운 햇빛을 받으며 집으로 향했다.

*

카페 문을 열었을 때 별다른 일이 없었다. 전에 '캐시'라는 여성이 왔었다. 그녀는 커피를 주문하고 창가에 앉아 창밖의 풍경과 길을 지나가는 사람들을 바라보았다.

종종 저 사람은 '오래된 휴대폰을 사용하고 있네요.'라고 말을 하는 등, 길을 지나가는 사람들을 바라보면서 사람들에게 보이는 모습들을 혼자 중얼거렸다.

처음엔 이상한 사람이라 생각했지만, 특별하게 이상한 사람은 아닌 거 같다. 나 또한 창밖의 거리를 바라보았다.

"안녕! 그동안 아무 일 없었지?" 오드리가 활기차게 인사했다. "오늘 기분이 좋아 보이네."

"응, 오늘은 잠을 충분히 잤거든. 그래서 기분이 확실하게 기분이 좋아."

"평소에 잠 좀 충분히 자."

내 말에 오드리는 대충 알았다고 대답하였다. "오늘 네가 제조해서 주고 싶은 음료로 부탁할게."

"약간 달달한 진저브레드 커피 어때?"

오드리는 잠시 생각하는 듯 고개를 끄덕이며 '좋아'라고 웃으며 이야기했다. "음…. 처음 마셔보는데 괜찮은데? 생강 맛이 좀 강하긴 하지만, 맛은 괜찮아." 머릿속에서 어떻게 생강 맛을 조절해야 할지 생각에 빠졌다.

"내 말에 너무 신경 쓰지 마, 단지 나에게만 생강 맛이 강하게 느껴진 것뿐일 수도 있어."

"생강 맛을 조절해 봐야지." 나는 어깨를 가볍게 으쓱거렸다.

"시도해 보는 건 나쁘지 않지." 오드리는 특유의 표정으로 키득거렸다.

"그러고 보니 쓰고 있는 글을 어떻게 되고 있어? 전에 물어본다고 생각하고 물어보지 못했거든."

오드리는 미소를 지었다.

"초반에는 힘들었지만, 지금은 잘 써지고 있어. 물론 중간중간 수정을 해야 할 부분이 있겠지만 컨디션은 최고야." 오드리는 잠시 차를 마시면서 골똘히 생각에 빠졌다. "혹시 요즘 고민이 있어? 아니면 최근에 하고 있는 생각이나. 알고 지낸 지 꽤 된 거 같은데 너에 대해서 하나도 몰라서."

생각해 보니 나에 대해서 오드리에게 말한 적이 없었다. 오드리는 나에게 지금 혼자 살고 있고, 낮에 마트에서 일을 하면서 글을 쓰고 있고 과거에 학교에서 또래 친구들과 잘 어울리지 못한다는 이야기를 하였지만 나는 오드리에게 나에 대해서 이야기를 한 적이 없다. "내 이야기를 했는데 기억을 못 하는 거 아니야?"

"아니야. 분명 이야기를 안 해줬어."

다른 사람들과 비교했을 때에 특별한 게 없어서 할 말이 없었다. 오드리처럼 글을 쓰고 있다거나, 대니얼처럼 야간 경비원 일을 하면서 이상한 사람들을 만났다거나 등등. 일상 속에서 특별하게 겪은 게 없다.

그냥 카페를 오픈하면서 살아가는 것 이외에는 없다. 어떻게 보면 무료하기 그지없는 삶이다.

"그냥 평범한 삶이야. 다른 사람들처럼 초등학교, 중학교, 고등학교를 졸업하고 다른 사람들이 대학을 진학하니까 2년제 전문대학교에 진학을 해서 졸업한 게 다야."

"전문대? 처음 듣는 이야기인데? 무슨 과 나왔어? 카페 하기 전에는 무슨 일을 했어?" 오드리에게는 내가 어느 전문대를 졸업하고 카페를 개업하기 전까지는 어떤 일을 하면서 지냈는지는 말하지 않았다. 나는 어디서부터 어떻게 말을 해야 할지 생각에 빠졌다.

"나는 사회복지과를 졸업했어. 졸업을 하고 나서 취업이 잘 되지 않아서 그냥 공장이나 물류센터 계약직을 전전하면서 지내다가 바리스타 공부를 하고 나서 그동안 모아둔 돈으로 카페를 차렸어."

"그건 확실히 처음 듣는 이야기야. 왜 그동안 말을 안 했어?"

"간단하잖아 특별한 게 없고 이룬 게 없었어. 그래서 말을 안 한 것뿐이야."

오드리는 턱을 괴고 나를 바라보다가 잠시 공책에 무엇인가 적어 내려갔다. 한쪽 팔로 가리고 있어 잘 보이지는 않았다. 그리고 얼마 지나지 않아 공책을 내게 내밀었다. "너의 이야기를 듣고 떠오른 걸 적어봤어."

'특별하지만, 정작 본인은 특별해지지 못하는 자.'

오드리는 확실히 글로 사람을 감동시키는 재주가 있는 사람이다. 다른 사람들에게는 어떤지는 모르겠지만, 최소한 나에겐 감동을 주는 예비작가이다.

"고마워. 잘 간직할게."

"간직만 하지 말고, 꼭 너의 특별함을 들여다보길 바랄게. 물론 그건 매우 어렵겠지만." 각자의 안에 있는 특별함을 찾는 게 어렵다는 걸 너도 알고 있구나. 특별함을 찾는 게 어렵다는 걸 알고 있지만 오드리의 말에 어느 정도 위안이 되었다.

"오늘은 이만 들어가야겠다. 잠을 잘 자게 도와주는 음료 한잔 테이크 아웃 해줄 수 있을까?"

나는 천장을 바라보며 생각에 잠겼다.

"베드챔버라는 음료가 있어. 우유를 베이스로 한 음료인데 잠을 자는 데 도움이 될 거야." "좋아. 그 음료 한 잔 테이크아웃을 해 줘."

음료가 나오자 오드리는 웃으며 다음에 또 온다는 말을 하면서 카페를 나섰다. 오드리가 카페를 나서자마자 아가사와 대니얼이 같이 들어왔다.

"오늘은 두 분이 같이 오시네요."

"오는 길에 만났어요." 아가사는 웃으면서 이야기했다.

"카페에서 시간을 보내고 싶지만, 오늘 근무하는 날이에요. 잠시 쉬는 시간이라 커피를 테이크아웃을 하러 왔어요."

"아쉽네요. 이런저런 이야기를 나누고 싶었는데 말이에요." 아가사의 표정에는 아쉬움이 묻어 있었다.

"다음에도 기회가 있으니 그때 이런저런 이야기를 나누면 되죠."

대니얼은 호탕하게 웃음을 지었다. 나는 음료가 나왔다가 넌지시 말했다. 대니얼은 고맙다고 말을 하면서 뒤이어 호탕하게 웃으며 다음에 또 오겠다고 말을 하고 카페를 나섰다.

"어떤 음료 마시고 싶어요?"

"음… 마음을 진정시키고 싶은데 도움이 되는 차가 있을까요?"

"갈라하드라는 음료가 있는데 어떤가요?"

"갈라하드요? 그 음료는 어떤 음료인가요?"

"갈라하드는 차와 우유 베이스에 생강을 첨가한 음료에요. 따뜻해서 마음을 가라앉히는 데 도움이 될 거에요."

아가사는 고개를 끄덕이며 갈라하드 한 잔을 달라고 말했다. 순간 갈라하드 제조법이 기억나지 않아 공책을 꺼내서 한번 읽어보았다. 갈라하드를 제조해서 아가사에게 전해주었다. "고마워요." 아가사는 음료를 마시면서 미소를 지었다. "당신이 내려준 음료는 언제나 따뜻하네요."

아가사의 말은 나를 편하게 생각하는 것 같았다. "오늘 마음을 진정시킬만한 일이 있었나요?"

"오늘 제가 일하고 있는 센터에 있는 아이들이 서로 싸우는 모습을 봤는데 그 모습을 보고 제가 아이들에게 싸우지 말라며 소리를 질렀어요. 그 감정이 남아 있어서 그런지 마음을 조금이나마 진정을 시킬 필요가 있었어요."

나는 조용히 아가사의 이야기를 듣고 생각에 잠겼다. 생각에 잠겨 있을 때 앤이 오랜만에 카페에 와서 커피를 테이크아웃해 갔다. 오랜만에 카페에 와서 이야기를 나누고 싶지만, 디자인 일이 산더미라 금방 가봐야 한다며 음료를 받자마자 쏜살같이 카페를 나섰다.

다시 시선을 아가사에게로 돌렸을 때에는 아가사가 비스듬한 시선으로 테이블을 바라보고 있었다. 어떻게 보면 아가사가 아이들에게 화를 내는 건 어쩔 수 없는 행동일지 모른다. "저 또한 그 모습을 봤으면 화를 냈을 거예요."

"그렇군요. 하지만 저는 마음이 걸려요. 그냥 좋게 말을 했을 수도 있는데 화를 낸 게 마음이 너무 걸려요."

아가사는 씁쓸한 미소를 옅게 지었다. 신경이 쓰이는 표정이었다. 미묘한 감정들이 교차하는 듯했다. 나는 미지근한 물을 내밀었다.

"특별한 음료는 아니지만 감정을 정리하는 데에 도움이 될 거예요." 아가사는 나와 물을 몇 번 번갈아보았다.

"고마워요, 친절하네요."

아가사는 잠시 생각에 빠진 듯하다가 가방에서 공책과 펜을 꺼내서 무엇인가 적어 내려갔다. 혹시나 도움이 될까 싶어서 잔잔한 노래를 틀어 놓았다.

손님이 올 때를 제외하면 나는 아가사가 무언가를 적어 내려가는 모습을 지켜보았다. 아가사는 한참을 무엇을 적다가, 다 적은 듯하다가, 음료를 잘 마셨다는 말과 함께 나에게 찻잔을 나에게 주면서 다음에 또 오겠다며 웃었다.

이틀 정도 같이 갔었는데 오늘은 그렇지 않으니 아쉬웠다. 그 뒤에 두세 명의 손님의 주문을 받고 나서 카페를 정리하고 나서 집으로 향했다.

거리에 깔린 어둠, 그리고 특유의 냄새가 났다. 약간 흙내음과 비슷하지만 미묘하게 다른 냄새였다. 향기로운 흙내음을 맡으며 집으로 발걸음을 옮겼다.

022

오늘 아침에는 비가 거세게 내렸다. 창문이 부서질 듯이 내렸다. 얼마나 내리는지 창밖이 보이지 않을 정도였다. 날씨가 구름만 가득했다면 잔잔한 음악을 들으면서 시간을 보내려고 했지만, 밖에 내리는 거센 빗소리가 음악을 대신 해주었다.

불규칙적인 소리였지만, 이 정도는 괜찮은 거 같았다. 많은 생각이 들었으며 계속 듣고 싶어졌다. 그렇게 빗소리를 계속 듣다가 소리가 잠잠해져 밖을 내다보니 언제 그랬냐는 듯이 비는 잠잠해졌다.

완전히 그친 건 아니었지만 그전과 비교했을 때 놀라울 정도로 잠잠해졌다.

카페 문을 열 때쯤이 되자 언제 그랬냐는 듯이 구름이 개었다. 공기가 한층 더 상쾌해진 것만 같았다.

낮에 비가 와서 그런지 사람들의 손에는 우산이 들려 있었다. 밤에는 사람들이 퇴근을 하는 시간이어서 그런지 사람들의 어깨는 축 처져 있었다.

정확한 직업을 알 수는 없겠지만, 사람들의 옷을 보았을 때 대략적으로 어떤 일을 하는지 짐작이 갔다. 공장과 같은 현장직에서 일을 하는 사람들은 편한 옷차림, 사무실에서 일을 하는 사람들은 정장을 입고 있었다. 그 복장들이 무조건적으로 직업을 대변하는 것은 아니겠지만 부분적으로 알 수 있는 요소였다.

오랜 시간 동안 사람들이 오지 않고, 한적한 시간을 보냈다. 공책을 꺼내서 간단한 그림과 짧막하게 글을 끄적거려 보았다.

그림은 내가 보아도 잘 그리는 편이 아닌 것 같다. 오늘은 카페의 문을 닫을 때까지 손님은 오지 않았다.

손님이 오지 않아 음료를 내리지 못해 아쉬웠지만, 많은 생각을 할 수 있어서 내심 괜찮은 날이었다.

카페 밖을 나오니 아직 비로 인한 흙내음이 사라지지 않았다. 흙내음을 맡으며 집으로 돌아갔다.

023

오늘 날씨는 약간의 구름은 있었지만, 그렇게 덥지 않고 괜찮았다. 하지만 나가고 싶지는 않았다. 나가게 되면 습기가 나를 덮쳐올 것 같았기 때문이다.

창가에 앉아 책을 읽으며 창밖을 바라보았다. 길거리에는 많은 사람들이 바삐 걸어 다녔다. 아마 각자의 일터로 가기 위해서 움직이는 듯했다.

옆집 여자가 창가를 올려다보았고, 나와 눈이 마주쳤다. 언제나 전처럼 나에게 손을 흔들어 주었다. 내 기억이 맞다면, 옆집에 사는 여자일 것이다. 몇 번 복도를 지나다니면서 본 게 다였다. 인사와 안부 몇 마디 나눈 것 이외엔 없었다. 그럼에도 창가에 앉아 있는 나를 볼 때마다 반갑게 손을 흔들어 주었다.

처음엔 뻘쭘했지만 지금은 인사를 받게 되면 나도 반갑게 손을 흔들어 주게 되었다. 어느 순간 책을 읽는 건 뒷전으로 밀리고 시간의 흐름에 따라 바뀌는 길거리만을 보고 있었다. 시간은 어느새 12시를 가리키고 있었다. 간단하게 샌드위치로 끼니를 해결하고 공원에서 산책으로 시간을 보냈다.

*

카페 문을 열기 무섭게 아가사가 들어왔다. 숨이 가빠 보였다. 빠른 걸음으로 뛰어온 것인지는 모르겠지만 매우 힘들어 보였다.

"미안해요. 잠시…. 숨 좀 고를게요." 아가사는 여전히 숨을 가쁘게 쉬고 있었다.

"일단 물 한 잔 마셔요." 아가사는 바닥을 보면서 고맙다고 말했다. 아가사는 물을 한 모금 마시고 진정한 듯 보였다.

"누가 쫓아 오기라도 했나요?"

"아니요. 멀리서 당신이 보이길래 뛰어왔어요. 누군가 쫓아 오거나 그런 건 아니에요." 조금 전보다 아가사는 진정이 된 듯했다.

"아 그래요?"

아가사는 나를 빤히 바라보다가 웃음을 지으며 말했다. "달달한 음료가 마시고 싶네요."

"그럼 다크 초콜릿 어떤가요?"

"좋아요. 다크 초콜릿 한 잔 주세요."

나는 다크 초콜릿을 제조하고 있을 때 오드리와 아리아가 함께 들어왔다. 아가사에게 음료를 전달해주고, 커피 두 잔을 내려서 오드리와 아리아에게도 전달해주었다. 잠시 식기류를 정리하면서 살펴보았다.

"혹시 각설탕이 있을까요?"

뒤돌아봤을 때 아리아가 서 있었다. 나는 각설탕 하나를 아리아에게 전해주었다. 아리아는 고맙다고 이야기했다. 오드리와 아리아는 무슨 비밀 이야기라도 하듯이 작은 목소리로 이야기하고 있었다.

아가사는 내 기준에서 등이 보였다. 창밖을 바라보고 있는건지, 아니면 멍을 때리고 있는 건지 파악을 할 수가 없었다.

머지않아, 크리스토퍼가 왔다. 크리스토퍼는 커피를 마시면서 어제 인디게임 페스티벌에 참여하기 위해서 인디게임팀에 들어갔다고 하였다. 본인이 만들고자 한 게임은 아니지만 경험을 쌓을 수 있을 거 같아서 기대가 된다고 했다.

"페스티벌에서 좋은 결과가 있었으면 좋겠어요."

"잘 될지는 모르겠지만 한번 도전해 보는 거예요." 크리스토퍼는 어색한 미소를 지었다.

"그래도 혼자가 아니라 여러 명이 함께 게임을 만들 수 있어서 괜찮겠군요." 옆에서 아리아가 말했다.

"맞아요. 부담감이나 스트레스는 저 혼자 게임에 매달렸을 때보다 덜해요. 하지만 저도 모르게 비교되는 거 같아요. 특히 아직 제가 할 수 없는 프로그래밍 기술을 다른 사람이 할 수 있을 때 말이에요."카페 안에는 정적이 흘렀다. "제가 괜한 이야기를 했나 보군요."

"아니에요. 어쩌면 그건 자연스러운 거 같아요." 아가사가 눈치를 살피면서 조용히 이야기했다.

"그럼 개인적으로 만들고 있었던 게임은 어떻게 되는 건가요?" 오드리는 크리스토퍼에게 물었다.

"그건 어쩔 수 없이 잠정적으로 중단을 하고 팀 프로젝트에 집중하려고요."

"그래도 아쉬움이 많이 남겠네요." 아리아가 말하였다. 오드리는 고개를 끄덕이고 있었다.

"아쉬움이 남아도 어쩔 수 없죠. 다음 기회에 저만의 게임을 만들 수 있는 날이 올 거라 생각해요."

"이건 제가 드리는 응원의 선물입니다."

"카푸치노군요. 감사합니다." 크리스토퍼는 카푸치노를 한 모금 마셨다.

그 뒤로 별다른 말은 없이 카페 안은 조용해졌다. 아리아와 오드리의 대화 소리, 아가사가 나에게 종종 걸어오는 질문, 내가 식기를 정리하는 소리만이 들려왔다.

크리스토퍼는 핸드폰을 잠시 확인을 하더니 내일 일정이 있으니 먼저 들어가 보겠다고 했다. 다음에 또 온다고 인사하며 카페를 나섰다. 아리아 또한 오드리와 이야기를 나누다가 먼저 자리에서 일어섰다.

"그러고 보니 오늘은 그다지 바쁘지 않네."오드리가 나에게 말을 걸었다.

"늘 바쁘지만은 않지, 종종 손님들이 많을 때가 그립긴 해." 내가 이 말을 끝내자마자 한 손님이 들어와서 카페라떼 한 잔 테이크아웃을 하였다.

"말이 끝나기 무섭게 손님이 들어왔네요." 아가사가 입을 열었다.

"원래 늘 그렇죠. 이상하게 말을 하면 손님이 오는 일이 종종 생기죠"

"그럼 말조심 해야 하는 거 아니야?" 오드리의 목소리에서 장난기가 느껴졌다.

"그런가?" 오드리는 고개를 끄덕였다.

"그러고 보니 오드리 씨의 글은 잘 써지고 있나요?"

"지금은 무난하게 잘 써지고 있어요." 오드리는 커피를 한 모금 마셨다. "정확한 내용은 알려드리기 어렵지만, 잘 써지고 있어요."

"다행이에요." 아가사는 찻잔을 만지작거렸다. "오드리 씨는 현재 하고 있는 일을 즐기는 것 같아요."

"저의 일이니 어쩔 수 없죠. 물론 현실적인 이유로 파트 타임 일을 하면서 글을 쓰고 있지만 괜찮은 거 같아요. 이런저런 사람들을 만날 수 있어서 좋아요." 오드리는 웃으며 이야기했다.

"많은 생각을 가지게 하는 말이네요." 아가사가 고개를 끄덕이며 말했다.

오드리와 아가사는 커피를 마시면서 일상적인 대화를 나누었다. 종종 나의 생각을 물어보기도 했지만 이야기를 듣고 나눌 수 있어서 나름 괜찮았다.

중간에 전에 몇번 왔었던 캐시가 와서 녹차라떼를 한 잔 테이크아웃 하였다.

"저 여자분 묘한 느낌이 든다." 오드리가 캐시가 나간 문을 바라보며 말했다.

"그래? 나는 잘 모르겠는데?" 나는 의아함이 들었다.

"아마 딱히 관심이 없어서 그럴 수도 있어요. 제가 느끼기에도 말로 설명할 수는 없지만 묘한 느낌이 들어요." 아가사의 말에 오드리는 고개를 끄덕였다.

"그래도 딱히 상관은 없긴 하지. 단지 말로 설명할 수 없는 묘한 느낌이 든다는 거지." 오드리가 도도한 느낌으로 커피를 한 모금 마시곤 찻잔을 바라보았다. "커피 한 잔 더 줄 수 있을까?"

"안돼, 너 은근 커피를 많이 마셔 그럼 잠 못 자." 나는 따뜻한 우유를 내밀었다. "그 대신에 우유 마셔."

"카페 사장이 너무 야박한 거 아니야?" 오드리의 눈빛에는 아쉬움과 원망이 가득했다. 아가사는 키득거리며 웃으면서 오드리에게 내가 걱정을 해서 그런 것이니 너무 원망스런 눈빛으로 바라보지 말라고 이야기했다.

오드리는 알고 있다고 대답했지만, 그냥 커피를 더 마시지 못해 아쉬워서 그런 거라고 이야기했다. 아가사는 오드리의 말을 듣고 함박웃음을 지었다.

카페에 잠시였지만, 아가사와 오드리의 웃음소리로 채워졌다. 그렇게 잠시 이런저런 이야기를 나누고 문밖을 나섰다.

내일 보자는 인사는 잊지 않고 나누었다. 나도 그녀들에게 인사를 하였다. 식기를 정리하고 카페를 둘러보았다. 문득 전에 아리아가 말한 낙서가 눈에 들어왔다. '로사 다녀감.'

기록을 남기고 싶어 하는 것은 인간의 본능인 것 같다. 그 낙서를 잠시 바라보다, 카페를 나섰다.

024

아침에 눈을 떴을 때 시간을 확인하니 9시를 가리키고 있었다. 무엇을 먹을까 고민이 되었다. 긴 고민의 선택은 결국 라면이었다. 라면을 꺼내서 끓여 먹었다.

특별히 맛이 있는 건 아니지만 제일 무난한 음식이다. 라면을 먹고 잠시 책을 읽었다. 책을 읽다 머리를 식히기 위해서 문밖으로 나섰다. 내가 창밖을 바라볼 때 종종 손을 흔들어 주는 이웃 여성분이 나오는 길이었다.

"안녕하세요." 그 여성분이 나에게 인사를 건넸다.

"안녕하세요." 나는 뻘쭘하게 인사를 하였다.

"창가에 앉아 계실 때 몇 번 인사했는데 이렇게 직접 얼굴을 보고 인사하는 건 처음인 거 같네요."

"그러게요. 이렇게 이야기를 한 건 처음이에요." 나는 짧게 고개를 끄덕였다. 그녀는 미소를 지었다.

"혹시 이름이 어떻게 되나요?"

"제임스라고 합니다." 이름을 말한 것뿐인데 망설여졌다. 그녀는 본인은 베키라고 소개했다.

저녁에 카페 문을 열었을 때 길거리는 한산했다. 그래서인지 카페의 분위기는 더욱더 한산하게 느껴졌다. 무섭게 느껴졌다.

한산한 분위기로 인해 더 크게 들리는 듯했다. 밖에서 잠깐 분 바람 때문인지 문이 흔들렸다. 그로 인해서 작은 공포심을 느꼈지만, 문이 흔들린 이유가 바람 때문이란걸 알고 나선 안심이 되었다.

"안녕하세요." 대니얼이 활기차게 인사를 하면서 들어왔다. "안녕하세요. 오늘은 어떠신가요?"

"괜찮았어요. 오늘 일을 쉬는 날인데 밤에 근무하다 보니 이 시간에 무엇을 해야 할지 몰라서 집에 있던 와중에 이곳이 생각나서 왔어요."

"잘 오셨어요. 언제나 오세요." 이 카페가 누군가에게 생각나는 곳이라서 기뻤다.

"혹시 저에게 추천을 해주실만한 음료가 있나요? 이왕이면 시원한 느낌이 드는 음료였으면 좋겠어요."

"그럼 블랙매직이란 음료가 어떨까요?" 대니얼은 고개를 갸우뚱거렸다. "커피 베이스에 민트를 첨가해서 입안에서 커피의 풍미와 함께 민트의 시원한 느낌을 느낄 수 있는 음료입니다."

"그렇군요. 그럼 블랙매직 한 잔 주세요."

나는 음료를 제조해서 대니얼에게 건네주었다. 대니얼은 음료를 한 모금 머시더니 미소를 지었다.

"커피의 쓴맛과 민트 특유의 시원한 맛이 느껴지네요. 추천해줘서 고마워요."

어떻게 표현을 해야 할지는 잘 모르겠지만 내가 추천해 준 음료가 마음에 든다고 하니 기뻤다. 취향이 분명하게 갈리는 음료라서 마음에 들지 않을까 걱정했는데 괜찮다고 해서 마음의 한켠이 안도되었다.

"지금 하고 있는 일은 어떠신가요?"

"늘 똑같아요. CCTV 화면을 바라보고, 일정 시간마다 순찰을 돌고. 그게 다예요. 특별할 게 없는 일의 반복이죠."

"실례가 안 된다면 한가지 여쭤보아도 될까요?" 내 말에 대니얼은 고개를 끄덕였다. "특별할 게 없는 일을 반복하다 보면 그만두고 다른 일을 찾아볼 생각은 안 해 보셨나요?" 대니얼의 미간이 좁아졌다. 전혀 생각지 않은 주제인 듯했다.

"그만두고 다른 일을 찾아봐야겠다는 생각을 가져봤어요. 하지만 머지않아 그 생각은 사라졌어요. 적응을 했다고 해야 할까요?" 대니얼은 음료를 한 모금 마셨다. "저는 독서를 좋아해요. 일을 하는 것보다. 하루 종일 책을 읽으면서 상상의 나래에 빠지고 싶었지만, 현실적으로 먹고 살아야 하는 문제가 있으니 그게 어렵잖아요. 그러던 중에 찾은 직업이 야간경비 일이에요. 해야할 일을 하면서 책을 읽을 수 있는 직업이다 보니 저에게는 다른 직업에 부럽지 않아요. 오히려 만족스러워요."

"대단하네요. 저 같으면 그 생각을 가지지 못할 텐데 말이에요." 깊은 생각에 빠졌다. "평소에 생각하긴 어려운 주제이긴 하죠. 다른 사람들이 보기엔 뭐 하나 이뤄놓은 게 없으니 한심하게 생각할 거예요. 하지만 그 사람들의 시선을 흘려보내면 괜찮아져요."

나는 고개를 끄덕이는 것 이외에는 아무 말도 할 수 없었다.

"미안해요. 너무 무거운 주제를 꺼냈네요."

나는 괜찮다고 짤막하게 답했다. 그 이상은 말하면 안 될 것 같다는 생각이 들었다. 그 뒤로는 언제나 그랬듯이 정적이 흘렀다.

"무거운 이야기를 꺼냈는데 정말 괜찮나요?"

"네, 정말 괜찮아요. 평소에 가지고 있는 생각을 말하다 보면 무거운 주제의 이야기가 나올 수도 있죠."

대니얼은 안심이 되는 듯 안도의 표정을 지었다. 그리고 평소에 가지고 있었던 생각을 꺼내 놓았다. 평소에 책을 읽어서 그런지, 이런저런 생각을 가지고 있으며 책이나 삶에 대해서 진지한 생각을 가지고 있다 보니 그런 대화를 나누고 싶지만 상대가 없어서 하지 못했다고 했다.

나름 그의 입장이 이해가 되어 공감이 간다고 응답하였다. 대니얼은 눈을 비비면서 고맙다고 하였다. 뒤이어 밤에 일을 하니 해가 넘어갔을 때 피로가 몰려오는 건 어쩔 수 없다고 했다.

"일을 할 때마다 늘 커피를 마셔서 그런지 카페인에 내성이 생긴 거 같아요. 하루에 몇 잔을 마셔도 졸음이 몰려오네요."

"커피양을 조절해야 하지 않을까요? 커피를 마시면서 졸음을 몰아내거나 여유를 만끽하는 것도 좋지만 너무 많이 마시면 좋지 않으니까요."

대니얼은 한번 그래봐야겠다고 하며 자리에서 일어났다. 오늘 추천 음료는 마음에 들었다면서 다음에 또 오겠다며 인사를 하면서 카페를 나섰다.

식기류를 정리하면서 여러 생각에 잠겼지만, 늘 정답은 정해져 있지는 않았다. 몇 명의 손님에게 음료를 제조해준 뒤로 나는 카페의 문을 닫으려고 할 때에 오드리에게서 오늘 출판사와 함께 표지 디자인에 대해서 논의를 나눴다는 문자가 와 있었다.

나는 축하한다고 짤막하게 문자를 보내고 카페의 문을 닫고 집으로 향했다.

025

아침에 눈을 떴을 때 밖에서는 시끄러운 소리들이 들려왔다. 큰 트럭이 후진을 하는 소리가 들려왔다.

눈꺼풀을 비비며 창가로 향했다. 다른 누군가가 이사를 오는 듯했다. 얼마 전에 누군가 이사를 갔다는 이야기를 들었는데 그 빈집에 새로운 사람이 이사를 오는 모양이었다. 소리의 원인이 알게 되자 궁금증은 금방 사그라들었다.

다시 침대에 다시 몸을 뉘었다. 그리곤 아무것도 하지 않았다. 천장만을 바라보았다.

*

오늘은 면접을 보러오겠다는 사람이 있어서 평소보다 일찍 카페에 도착했다. 릴리라는 여성분이었다.

면접을 보러 오는 것은 처음인지 온몸에서 긴장한 느낌이 들었다. 나또한 면접을 진행하는 것은 처음이다 보니 어떤 것을 물어야 할지는 감이 잡히지 않았다. 몇몇 질문을 하고 나서 면접을 마무리했다.

"저 사람 누구야?" 오드리가 카페로 들어오는 동시에 말했다. "아, 오늘 면접 본 사람이야."

"아 그래서 약간 쭈뼛쭈뼛거리면서 나갔구나."

"많이 긴장했나 봐."

오드리는 고개를 끄덕이며 에스프레소 한잔을 주문 하였다.

"나 출판 계약을 했어. 아직 고칠 부분이랑 더 작성해야 할 내용들이 많이 있지만, 계약에 성공했어."

"정말 축하해." 내 말에 오드리는 미소를 짓다가 한숨을 지었다. "근데 걱정이야. 내가 쓴 책이 성공할 수 있을까 하는 걱정이 들어."

나는 잘 될 거라고 이야기했지만, 내심 오드리의 심정이 이해가 되었다. 다른 일보다 글을 쓰는 일에 비중을 많이 두었지만 잘 되지 않았을 경우엔 많은 좌절감이 들 거라는 상상이 되었다.

"위로를 해줘서 고마워 조금이나마 위로가 되네."

"이럴 때일수록 네가 쓴 글을 조금 더 살펴보고 수정해 봐야 하는 거 아니야?"

"뭐야… 병 주고 약 주는 거야? 물론 틀린 말은 아니긴 하지만."

머릿속에서 필터 없이 말이 나왔다. 오드리는 숨을 크게 들이마시고 내쉬었다.

"어떻게든 잘 되겠지." 나는 오드리의 말에 조용하게 고개를 끄덕였다. "그냥 잘 되었으면 좋겠다는 막연함만이 들어."

"커피 한 잔 더 줄까?"

나는 어떤 말을 해야 할지 몰라 내가 할 수 있는 말 중에서 무난한 말을 꺼냈다. 오드리는 고개를 끄덕이며 이왕이면 카페라떼로 달라고 부탁했다. 부드러운 카페라떼가 오드리의 마음을 진정시켜 주었으면 좋겠다는 생각이 들었다.

오드리는 커피를 한 모금 마시고, 가져온 랩탑을 꺼내서 자판을 두드리기 시작했다. 평소에는 밝은 느낌을 주는 친구지만, 해야 할 일을 할 때는 엄청난 집중력을 보여주었다. 언제나 그랬듯이 공책에 무언가를 적어 내려가면서 랩탑으로 타이핑을 하였다. 공책에 무엇을 적고 있는지 물어보고 싶었지만 집중을 하고 있는 모습 때문인지 말을 걸기가 어려웠다.

중간에 크리스토퍼가 왔었다. 일행 두 명과 함께 왔다. 에스프레소 세 잔을 주문하고서 구석진 자리에서 이야기를 나누었다. 게임 제작에 관해서 이야기를 나누고 있는 게 아닐까 하고 조심스레 혼자 생각해 보았다. 얼마 지나지 않아 크리스토퍼는 일행분들과 함께 카페를 나갔다.

오드리는 랩탑을 두드리면서 한창 작업을 하고 있을때 아리아가 카페에 방문했다. 아리아도 카페라떼를 주문했다. 아리아는 음료를 마시면서 잠시 오드리와 이야기를 나누다가 카페를 나섰다.

오드리는 종종 표현하기 어려운 상황들을 어떻게 표현할 수 있을지 나에게 물어보았다. 머릿속에서 떠오르는 단어가 있는가 하면 그렇지 않은 경우도 있었다. 이야기를 써 내려가는 과정에서 자연스레 생기는 과정이다 보니 많은 생각을 들게 되는 생각인 듯했다.

"유명한 작가들은 이 고민들을 어떻게 해결한 것일까?"

"글쎄… 그래도 그 작가분들도 너와 똑같은 고민을 하지 않았을까?"

오드리는 고개를 끄덕였다. 하지만 이 상황을 어떻게 해결을 해야 할지 모르겠다는 말을 되풀이했다. 나는 미지근한 물을 오드리 옆에 두었다. 오드리는 눈가를 찌푸리며 랩탑을 바라보았다.

종소리와 함께 아가사가 왔다. 조용히 들어와서 오드리를 한번 바라보고 어느 정도 거리를 두고 앉았다.

"오드리 씨는 많이 바빠 보이네요." 그리고 잠시 메뉴판을 바라보았다. "따뜻한 녹차라떼 한 잔 주세요."

나는 작은 목소리로 알겠다고 대답을 하고, 녹차라떼를 제조해서 그녀에게 주었다. 어쩌다 보니 작은 목소리로 음료가 나왔다고 이야기했다.

"내가 두 사람 방해한 거 아니지?" 오드리가 입을 열었다.

무슨 말을 해야 할지 몰라서 오드리만을 빤히 바라보았다. 얼른 이 상황이 지나가기만을 바라고 있었다.

"방해되지 않았어요. 이제 막 제임스에게서 음료를 받았어요." 아가사가 웃으면서 이야기했다.

"제가 방해된 게 아니라면, 다행이에요." 아가사에게 말을 하는 듯했지만, 오드리의 눈은 나에게로 향하고 있었다. "그러고 보니 아가사 씨는 사회복지사로 일을 한다고 하지 않았나요?"

"맞아요. 지역아동센터에서 사회복지사로서 근무하고 있어요."

"일을 하다 보면 어때요?" 오드리는 머리를 긁적이면서 아가사에게 물었다. "저 같은 경우는 사무실에서 일해본 적이 없어요."

"음… 글쎄요. 다른 업종은 잘 모르겠지만, 제가 하는 사회복지 업무 특성상 상담과 서류 더미들과 전쟁이죠." 아가사의 말을 듣고 오드리의 미간이 좁아졌다.

"나는 못 할 것 같아. 하나만 집중해도 어려운데 상담과 같이 병행이라니. 제임스 너는 어떨 거 같아?"

"글쎄, 나는 생각해 보지 않아서 잘 모르겠어." 나는 나의 턱을 만지작거렸다.

"딱히 생각해 보긴 싫다." 오드리는 몸을 부르르 떨면서 이야기했다.

"적응이 되면 괜찮긴 한데 늘 힘들어요. 매번 쳇바퀴를 돌고 있는 느낌이 들긴 하지만요." 아가사는 웃으면서 이야기했다.

오드리는 그건 본인도 그런 거 같다고 이야기했다. 그리고 오드리와 아가사는 이런저런 이야기를 나누었다.

글을 쓰면서 느끼는 어려움을 말하였고, 아가사는 지역아동센터에서 알 하면서 느꼈던 어려움을 이야기했다. 오드리는 고개를 갸우뚱거리면서 공감이 될 듯 말 듯, 백퍼센트 공감을 할 수는 없다고 이야기했다.

오드리와 아가사가 한창 이야기꽃을 피우고 있을 때 캐시가 커피를 테이크아웃했다. 캐시는 커피를 기다리면서 오드리와 대화를 나누는 듯했다. 커피를 내리는 소리 때문에 정확히 어떤 대화를 나누고 있는지는 듣지 못했다. 캐시는 커피를 받고서 카페를 나섰다. "외우지 못한 음료 레시피도 있나요?" 아가사가 나에게 조용히 나에게 질문을 던졌다.

"자주 만든 음료는 바로 기억이 나지만, 자주 제조하지 않았던 음료는 바로 기억이 나지 않을 때가 많아요. 그래도 커피 종류는 바로바로 기억이 나요."

"그렇긴 하겠네요. 많은 손님들이 주문하는 음료는 외우기 싫어도 어쩔 수 없이 외우게 되겠네요."

"그래도 시간이 지나다 보면 다른 음료들도 하나씩 외우게 되겠죠."

"그럼 기억이 나지 않는 음료가 주문이 들어오면 그땐 어떻게 해?"오드리가 나에게 물었다.

"그럴 땐 핸드폰 메모장에 적어둔 레시피를 확인해. 확실히 자주 제조를 안 한 음료는 기억이 잘 안 나더라고."

오드리는 그럴 수도 있겠다는 말을 짤막하게 이야기했다. 잠시 이야기가 오가지 않고 소강이 상태가 왔다. 나는 가만히 멍을 때리며 창밖을 바라보았다. 시간은 밤 11시를 향해 달려가고 있었다. 늦은 시간이다 보니 길가에는 사람이 없었다.

오드리는 랩탑 자판을 두드리기 시작했으며 아가사는 턱을 괴고 멍하니 골똘히 무언가를 생각하고 있는 듯했다. 나는 아가사와 대화를 나누고 있을 때 오드리는 먼저 가보겠다며 자리에서 일어났다.

오드리와 인사와 나누고 머지않아 아가사도 내일 출근을 위해서 카페에서 나섰다. 간단하게 뒷정리를 하고 나 또한 카페 문을 잠그고 집으로 향했다.

026

아침에 눈을 떴을 때 시계는 아침 9시 30분을 향하고 있었다. 어김없이 창가에 앉아 사람들이 다니는 모습을 바라보았다. 전에 복도에서 마주친 베키가 어디론가 바쁘게 뛰어가는 모습이 보였다. 평화로이 아침을 보내는 모습에서 창밖에 있는 사람들과의 상반된 모습에서 이질감이 느껴졌다.

한동안 멍하니 창밖을 바라보다. 시간이 얼마나 흘렀을까, 배가 고파 근처에 있는 편의점에서 샌드위치 하나를 사서 먹었다. 특별한 게 없는 참치 샌드위치였지만 나에게는 웬만한 음식보다 맛있게 느껴졌다.

*

카페의 문을 열고 식기류들을 정리하였다. 몇몇 사람들이 카페로 와서 여러 이야기를 나눴다.

평소에는 테이크아웃을 해가는 손님들이 많이 있었지만, 오늘은 카페 안에서 커피를 마시는 사람들이 많이 있었다. 중간에 오드리가 들어왔을 때 평소보다 사람이 많은 모습에 눈이 커져 있었다.

"오늘 사람들이 많네." 오드리는 나에게 소곤거리면서 말을 걸었다.

"그렇게 오늘 숨 돌릴 틈 없이 바쁘네." 말을 마치자마자 손님 한 분이 오셔서 음료를 주문하였다. 오드리도 음료 한 잔을 시켜서 구석진 자리에 앉아서 랩탑을 꺼내서 본인의 일을 하였다.

테이크아웃을 하는 손님보다 카페에서 머물면서 대화를 나누는 손님들이 많아서 카페에는 대화 소리로 가득했다. 조용한 카페에 적응하다가 사람들이 북적거리는 모습에는 적응이 되지 않았다. 종종 오드리가 화장실을 가면서 나에게 힘내라는 제스처를 취해주었다. 그렇게 시간이 흘러 사람들이 카페를 빠져나가고, 오드리와 나만이 카페에 남게 되었다. 오드리는 빤히 본인의 랩탑을 바라보다가 나에게 몇몇 말을 걸어왔다.

문맥이 자연스럽게 흐르는지 아니면, 이 챕터에서는 어떤 이야기를 진행하면 좋을지 등등 현재 오드리가 쓰고 있는 책에 대해서 이야기했다. 확실히 오드리가 글을 쓰기 시작한 초반부분 보다. 많은 부분들이 많이 발전하고 살이 붙었다.

"책만 읽던 시절에는 글을 쓰는 것이 쉬운 줄 알았는데 글을 쓰는 입장이 되니 그 과정이 너무 어렵다는 사실을 새삼 느끼고 있어." 오드리가 커피를 한 모금 마시면서 이야기했다.

"글을 쓰는 입장에선 피할 수 없는 상황인 것 같아."

"너는 작가들이 가지고 있는 고민처럼 네가 가지고 있는 직업적 고민은 없어?" 오드리는 목이 아픈지 머리를 한쪽으로 기울인 상태였다.

"글쎄 굳이 생각해 보면 어떻게 하면 커피를 빠르게 내일 수 있을까 하는 게 내가 생각하는 내 직업적 고민이라고 할까?" 나는 중얼거리면서 이야기했다. 오드리는 내 말을 듣고선 시큰둥한 반응을 보였다.

"그래도 덕분에 길게 기다릴 필요 없이 빠르게 커피를 마실 수 있어서 나는 좋지." 오드리는 미소를 지으면서 이야기했다.

나는 멋쩍게 웃으면서 고개를 끄덕였다. 손님이 어느 정도 빠져나가자 오드리와 이런저런 일상적인 대화를 나누었다.

"그러고 보니 네가 먼저 입을 열어 본 적이 없는 거 같아, 나쁜 건 아니지만 전부터 궁금했었거든. 몇몇 손님들이 먼저 걸면 대답은 하지만 네가 먼저 적극적으로 말을 걸거나 참여하지는 않는 것 같은 느낌이야." 담소를 나누는 상황에서 다른 상황으로 바뀐 듯했다.

"글쎄, 내가 먼저 입을 연다는 게 쉽지만은 않아서." 나는 괜히 만질만한 물건이 없는지 곁눈질로 주변을 살폈다.

"물론 너의 심정이 이해가 안 되는 건 아니지." 오드리는 커피를 한 모금 마시며 이야기했다. "그래도 일단 자주 오는 손님들하고 이야기하는 걸 보면 마음의 문을 열겠다는 행동으로 보여서 나름 안심이야."

나는 조용히 오드리의 말을 들었다. 오드리의 말로는 내 행동들이 사람들과 거리감을 두는 것 같이 느껴졌다고 이야기했다. 물론 어디까지나 본인이 느낀 부분이라고 덧붙였다.

그 말을 듣고서는 나는 딱히 아니라고는 말을 하지 못하였다.

"아! 그리고 무슨 생각을 그렇게 해? 가만 보면 사람들이 대화하고 있거나 질문을 하면 깊은 생각에 잠긴 표정이야. 물론 아무런 생각을 안 하고 있을 수도 있지만."

오드리는 재미없다는 표정을 지었다. 속으론 어떤 생각을 하고 있을지 알 순 없지만 지루하다고 생각하더라도 그 심정을 이해 못 하는 건 아니다.

"특별한 생각을 하는 건 아니야, 그냥 사람들이 대화를 나누고 있으면 그냥 그렇구나, 하면서 생각에 잠기는 거지."

오드리는 턱을 괴고 나를 빤히 바라보았다. 오드리에게 물어볼 말이 있는지 물어보고 싶었지만, 그 생각을 잠시 접어두고 나는 창밖을 바라보았다.

오드리는 중얼거렸다. 주로 글을 어떻게 이어서 쓰면 좋을지에 대한 말이었다. 나는 조용히 그녀의 말을 들었다. 한 손님이 들어오자 오드리의 중얼거림이 멈추게 되었다. 커피를 내려서 테이크아웃 컵에 담아서 손님께 드리자 뒤늦게서야 설탕을 넣어 달라고 말했다. '처음에 말을 해 주었으면 좋았을 텐데'라는 생각을 가지며 설탕을 넣어서 드렸다.

"너 순간 해탈한 표정이 나오더라."

"뭐 종종 있는 일이다 보니…"

"생각해 보면 나 같아도 좀 해탈할 거 같아. 일찍 말해주면 좋을텐데, 라는 생각이 들면서 말이야."

내가 속으로 생각하고 있었던 건데 오드리가 그걸 입 밖으로 표현해 주었다. 나였으면 표현하지 못했을 것이다. 나는 고개만 끄덕였다.

시간이 얼마 지나지 않아 오드리는 내일 일정이 있어서 이만 들어가 보겠다면서 카페를 나섰다. 나는 그 뒤로 한동안 카페에 있다가 정리를 하고 카페를 나섰다.

027

 오늘은 집에서 일찍 일어나서 산책을 향했다. 아직 해가 뜨지 않은 새벽이라 그런지 거리와 길거리에는 거뭇거뭇 어둠이 깔려 있었다. 노숙자로 보이는 몇몇 사람들이 길거리를 배회하고 있을 뿐 그 이외에 특별한 건 보이지 않았다.

 어둠이 깔려 있어서 그런지 분위기는 으스스하게 느껴졌다. 집 근처를 잠시 둘러보고 집에 돌아와서 살짝 눈을 붙였다. 다시 일어났을 때 시간이 남아 밀어두었던 책을 읽어 내려갔다.

*

 카페의 문을 열었을 때 손님이 오지 않아 문득 새벽에 보았던 길거리를 배회하는 노숙자들이 생각이 났다. 나에게 무슨 일이 생긴 건 아니지만, 그 장면이 생각나면서 으스스한 모습이 연상 되었다. 생각에 잠겨 시간을 보내고 있을 때 앤과 아리아가 왔다. 인사를 나누고, 커피를 내려주었다.

 "그동안 어떻게 지냈어요? 한동안 오지 못해서 그런지 오랜만에 보네요." 앤은 웃는 표정으로 말을 했지만 힘들어하는 게 느껴졌다.

"저야 늘 똑같아요. 항상 이 카페를 지키고 있어요."

"다행이네요. 저는 최근에 회사 프로젝트 하나를 끝냈어요. 몇날 며칠을 정신없이 프로젝트에 집중하다 보니 많이 지치네요." 앤은 한숨을 내쉬며 말하였다. 이로서 앤이 힘들어 보이던 이유를 알게 되었다.

"디자이너 일이 많이 힘들었나 보군요." 아리아는 어깨를 으쓱거리며 이야기했다.

앤은 고개를 짧게 고개를 끄덕였다. 잠시 정적이 흐르고 나서 아리아와 나는 피드백을 했던 책으로 화제를 돌렸다.

내가 피드백을 했던 작품이 출판되었다는 소식을 들으니 왠지 모르게 뿌듯함이 느껴졌다. 아리아는 피드백 부탁을 들어주어 고맙다고, 그 뒤로도 몇 번 더 고맙다고 말을 덧붙였다.

옆에서 핸드폰을 보고 있던 앤은 핸드폰을 보여주면서 이 책이 맞는지 물어보았다. 핸드폰 화면에는 아리아가 말한 책이 있었다.

나중에 검색을 해봐야겠다는 생각은 가지고 있었지만 이렇게 보게 되니 미묘한 기분이 들었다. 아리아가 옆에서 고개를 끄덕였다.

그렇게 책을 출판하면서 겪었던 일들을 설명해주었다. 어렴풋이 생각하고 있었던 책의 출판하고는 조금 다른 부분들이 있었서 신기하게 다가왔다.

한참을 책에 대해 이야기를 나누다가 앤의 디자이너 일에 대한 고민과 개인적인 고민으로 대화 주제가 옮겨갔다. 일이 잘 풀리지 않을 때마다 본인의 잘못처럼 느껴진다고 이야기했다. 아리아와 나는 조용히 듣고 있었다. 아리아는 중간에 지루한 듯 핸드폰과 찻잔의 손잡이를 만지작거렸다.

그 뒤로 앤은 조금 더 말을 이어갔다. 속에 있는 이야기를 다 꺼낸 듯 정적이 흘렀으며 카페 안에는 그 어떠한 소리도 들리지 않았다.

혹시 내가 있어서 두 사람이 이야기를 하지 못하나? 싶은 생각이 들어 잠시 싱크대 쪽으로 자리를 옮겼다. 괜히 물건들을 뒤적거렸다. 테이블에서는 그 어떠한 대화 소리도 들리지 않았다.

아리아와 앤은 다음에 오겠다며 카페를 나섰다. 두 사람이 카페를 나서고 나서 오드리가 도착했다.

"커피 한 잔 줄 수 있을까?" 나는 별다른 반응은 하지 않고, 커피를 내려서 오드리에게 주었다.

"잠이 오지 않아서 글을 쓰고 책을 읽었는데 오히려 잠이 깨버렸어." 오드리는 커피를 받자마자 이야기했다.

"그럼, 커피가 아니라 다른 음료를 마셔야 하는 거 아니야?"

"그래도 카페에 왔는데 아무것도 주문 안 하는 건 예의가 아니잖아." 그녀가 웃으며 이야기했다. "이상하게 잠을 자려고 책을 읽거나 글에 대해서 생각하면 오히려 잠이 깨는 것 같아."

"아마 다른 사람도 그렇지 않을까? 잠을 자기 위해서 책을 읽거나 혹은 이런저런 생각을 하다 보면 잠을 못 자는 경우가 많을걸?"

오드리는 잘 모르겠다는 표정을 지었다. 결국은 잠에 들지만, 잠에 들어야겠다는 시간이 아닌 새벽 4시나 5시에 잠이 든다는 것이었다. 그렇게 잠이 들어서 일어났을 때 시간은 오후 1시를 가리키고 있다고 하였다.

그뒤로 글에 대한 이야기는 잠깐 나누었다. 최근에 읽었던 책에 대해서 이야기했다. 오드리는 최근에 『플립』이라는 책을 읽었다고 하였다. 미국 작가였다는 것만 기억이 나고 작가 이름은 기억이 나지 않지만, 첫사랑에 대한 이야기여서 나름 재미있게 읽었다고 한다. 오드리와 이야기를 나누다가 뒷정리를 하고 오드리와 카페를 나섰다.

028

오드리 (4)

　잠이 오지 않아 새벽 내내 공책에 글을 써 내려갔다. 창밖을 바라보았을 때 하늘이 푸르스름하게 바뀌어 있었다. 글을 쓰기 시작했을 때는 창밖에는 아무것도 보이지 않았지만, 하늘이 파스텔 색조의 파란색으로 바뀌면서 창밖의 풍경이 보이기 시작했다.

　길, 건물 그리고 나무들이 각각의 색을 가지고 있겠지만, 지금은 푸른색이 내려앉아 어둡게 보였다.

　새소리가 들려왔지만 새가 날아다니는 모습은 들리지 않았다. 푸르무레하게 내려앉은 바깥 풍경이 보였다.

　한참을 공책에 글을 끄적이다가 창밖을 바라보았을 때 햇빛이 조금씩 거리에 비추기 시작했다. 보이지 않던 새들이 보이기 시작했다. 길에서 담배를 태우고 있는 사람들의 모습도 보였다. 잠시 글을 끄적이는 걸 멈추고 창밖을 바라보며 시간을 보냈다.

029

    카페 문을 열었지만, 한동안 사람들이 오지 않았다. 길거리에도 지나가는 사람이 없어서 한산하게 느껴졌다. 어떤 기준에 많은 사람들이 길거리를 지나다니는지 알 수 없어서 조금 어려웠지만 한산한 길거리를 바라보며 시간을 보냈다.

    몇몇 손님들이 테이크아웃해 가는 것 이외에는 카페도 한산했다. 문득 다른 카페들을 인테리어를 어떻게 꾸며놓았는지 궁금해져서 핸드폰을 켜서 검색을 해 보았다.

    정말 많은 카페가 인테리어를 예쁘게 꾸며 놓았다. 공사비는 얼마 정도 들었는지 궁금하기도 하였다. 사람들은 확실히 SNS에 사진을 찍어서 올리기 좋은 카페들을 많이 방문하는 듯했다.

    핸드폰 스크린을 계속 내리면서 핸드폰을 보고 있을 때에 아가사가 조심스레 카페에 들어왔다. 아가사와 근황 이야기를 나누었다. 아가사와 대화를 나누다 보면 마음이 조금 편해지는 것 같았다. 그렇게 이야기를 나누고 있을 때 오드리에게서 문자가 왔었다. 두 장의 사진과 함께 표지 예시가 나왔는데 어떤 걸 골라야 할지 잘 모르겠다는 내용의 문자였다. 아가사는 내가 핸드폰을 빤히 바라보고만 있자 바쁜 일인지 물어보았다. 나는 고개를 저으며 오드리가 보낸 문자에 대해서 말해주었다. 표지 예시가 나온 것이 보면 책이 완성된 듯했다. 오드리가 보내온 두 장의 사진을 보면서 아가사와 어떤 표지가 괜찮을지 이야기를 나누었다.

나는 아가사와 이야기를 나눈 뒤 오드리에게 야경이 올라오는 배경에 테이블 위에 김이 올라오는 커피가 있는 표지가 괜찮을 것 같다고 답장을 보냈다. 종종 방문해 주시는 손님분들의 응대로 인해 아가사와의 이야기는 중간중간 중단이 되었지만 아가사와 이야기를 나누면서 시간을 보냈다.

030

오드리 (5)

제임스에게 출판사로부터 받은 표지 예시를 보내주었다. 출판사 측에서 마음에 드는 표지를 골라보라고 했지만, 보내준 두 개의 예시 모두 마음에 들었다.

하나는 야경으로 배경인 카페에 테이블 위에 올려져 있는 커피가 김이 올려져 있는 표지와 다른 표지는 오로지 커피만 클로즈업되어 있는 표지였다.

나는 제임스에게 문자를 보낸 뒤에 의자에 가만히 앉아 있지 못했다. 그냥 몸을 계속 움직이면서 볼펜만을 만지작거렸다. 괜히 공책을 꺼내서 빈 공간에 낙서를 끄적였다. 제임스에게서 답장이 오지 않아서 괜히 공책과 핸드폰을 번갈아보았다. 그저 제임스가 고민을 하고 있거나 손님이 와서 답을 못하고 있을 거란 생각이 들었다. 지금 당장 랩탑을 챙겨서 카페로 가봐야 하는 생각이 들었지만 그럴 경우에는 속이 보이는 행동이란 생각이 들었다.

내가 제임스에게 문자를 보낸 시간을 확인해 보았다. 저녁 8시 5분에 문자를 보냈다고 시간이 말풍선 옆에 작게 적혀 있었다. 지금 시간이 8시 10분….

5분밖에 지나지 않았다는 사실에 살짝 짜증이 났다. 체감상 30분은 흘렀을 거라 생각했지만 사실 5분밖에 흐르지 않았다. 나는 책상 위에 펜을 툭 하고 던졌다. 펜은 데굴데굴 굴러 책상 밑으로 떨어졌다. 왠지 모를 무력감이 느껴졌다.

책상 밑으로 떨어진 펜을 바라보고 있을 때 핸드폰 진동음이 들렸다. 고요했던 탓에 진동음이 크게 들렸다. 나는 잽싸게 핸드폰을 확인했다. 제임스에게서 야경이 있는 표지가 괜찮다는 답장이 왔다.

나는 고맙다는 답을 바로 보냈다. 나는 내일 아침 출판사 직원에게 어떻게 이메일을 보내야 할지 고민하면서 밤을 보냈다.

031

아침에 눈을 떠서 핸드폰을 확인했을 때 어젯밤에 보낸 오드리의 문자가 잠금화면에 떠 있었다. 카페 뒷정리를 한 뒤 아가사와 펍에서 이야기를 나누었던 기억이 났다. 좋아하는 연예인에 대한 이야기를 비롯해서 여러 이야기를 나누었다.

오드리에게 답장을 보내고, 아가사에게 잘 들어갔는지 문자를 보냈다.

핸드폰을 멍하니 바라보다가 물을 한 모금 마시고 나서 침대에 누워 멍하니 천장을 바라보았다. 어제 마신 맥주의 브랜드가 무엇인지 생각해 보면서 생각이 꼬리에 꼬리를 이어갔다. 결론적으로 어쩌다가 아가사와 펍까지 가서 맥주를 마시게 되었는지에 대한 의문까지 도착했다. 생각하는 것을 멈추고 커피를 내려 마셨다.

*

카페의 문을 연 지 얼마 되지 않아 크리스토퍼가 왔다. 크리스토퍼는 자리에 앉기 무섭게 커피를 주문했다. 그리고 커피를 받자마자 제작하고 있는 게임에 대해서 이야기했다. 완성되려면 한참 남았지만, 게임을 함께 제작할 두 명의 팀원을 새로 구했다고 하였다. 크리스토퍼와 몇 마디 이야기를 나눈 뒤에 정적이 흘렀다. 크리스토퍼는 정적을 견디지 못했는지 랩탑을 꺼내서 자판을 두드렸다. 내 시선에서는 화면이 보이지 않아 무엇을 하고 있는지 잘 모르겠지만 아마 작업을 하고 있는 것 같았다.

어느 정도 시간이 지나서 크리스토퍼는 나에게 빈 컵을 주면서 다음에 또 오겠다고 이야기했다. 나는 다음에 또 오라는 인사를 건넸다. 다음에 왔을 땐 크리스토퍼에게서 게임이 완성되었다는 소식을 듣고 싶다는 생각이 머릿속에 자리를 잡았다.

그렇게 잠시 멍을 때리고 있을 때에 핸드폰이 울렸다. 마지막 쓰고 있는 소설이 마지막 수정 작업에 들어갔다는 문자였다. 나는 축하한다는 문자를 짤막하게 보냈다.

그 뒤로 몇몇 손님이 카페에 방문했다. 그 손님들에게 음료를 제조해 드리고 카페 문을 닫고, 집으로 향했다.

032

아침에 냉장고를 열었을 때 식자재가 없다는 걸 깨달았다. 식자재가 없다는 걸 인지하고 나서 식자재를 비롯해 내게 필요한 생필품들을 수첩에 적어 내려갔다.

집에서 적어둔 메모를 보면서 장바구니에 물건을 하나씩 넣었다. 장을 보고 있을 때 옆집에 살고 있는 이웃 여성분을 다시 만나게 되었다. 이름이 베키였다는 것이 어렴풋이 기억이 났다.

나는 그녀와 인사를 했다. 그녀와 잠깐 이야기를 나누었다. 그녀는 이번 주말에 남자친구와 함께 음식을 만들어 먹기로 약속했다고 말했다. 나는 그녀의 이야기에 고개만 끄덕이며 반응했다.

그녀와 인사를 나누고, 계산을 하고 마트에서 나섰다. 한동안 샐러드와 빵 그리고 닭고기 걱정 없이 지낼 수 있을 것 같다. 장을 봐온 것을 냉장고에 정리하면서 감자칩과 음료수도 샀어야 했다는 생각이 들었다. 하지만 다시 마트로 나서기엔 귀찮다는 생각이 들면서 언제일지는 모르겠지만 감자칩과 음료수는 다음에 사기로 결정했다.

*

커피와 먹기 좋은 달걀 샌드위치를 몇 개 만들어 보았다. 카페에 쿠키를 판매하고 있지만 내가 만든 것이 아니다 보니 약간의 아쉬움이 있었다. 샌드위치가 사람들의 입에 맞았으면 좋겠다는 바람이다.

"안녕하세요." 대니얼이 문을 열고 들어왔다.

"안녕하세요. 오늘 하루 어떠셨나요?"

"오늘 하루 괜찮았습니다." 대니얼은 메뉴판을 잠시 바라보았다. "샌드위치가 새로 생겼나 보군요. 카페라떼와 샌드위치 하나 주세요."

샌드위치 주문이 처음 들어왔다. 나는 먼저 샌드위치를 만들고, 커피를 내려서 대니얼에게 주었다. 대니얼은 샌드위치를 한입 베어 먹었다. 잠시 원두량을 체크하기 위해 창고로 향했을 때 대니얼은 이미 샌드위치를 다 먹고 카페라떼를 조금씩 마시고 있었다. 대니얼에게 샌드위치가 어떤지 물어봤다. 대니얼은 고개를 끄덕이며 맛있다고 말했다. 나에게 직접 만든 샌드위치인지 물어봤다. 나는 소심하게 짧게 고개를 끄덕이며 맞다고 이야기했다.

어떻게 반응해야 할지는 생각이 나지 않았지만, 기분은 좋았다. 칭찬을 들었으니 기분이 좋은 건 당연하다. 하지만 그냥 옅은 미소만을 지었다. "샌드위치 맛있게 먹었어요."

"감사합니다." 나는 대니얼의 말에 약간 고개를 숙였다.

"어쩌면 이 카페에 오는 날이 오늘이 마지막 날일 것 같아요." 대니얼의 목소리는 점점 작아져서 마지막 부분에서는 들리지 않았다.

"무슨 일 있나요?"

"특별한 일은 아니에요. 직장을 옮기게 되어서 이사를 가게 되었어요. 이 근처를 지나가게 된다면 한번 드릴게요." 대니얼은 코를 만지작거렸다.

"그렇군요. 축하드려요. 똑같은 경비원 일인가요?"

대니얼은 고개를 끄덕이며 야간 경비원의 일은 똑같지만 근무하는 장소와 직장만이 바뀐 거라는 말을 덧붙였다. 어쩌면 더 좋은 조건으로 옮긴다고 했다. 대니얼과의 이야기는 끝나고 정적이 흘렀다.

오드리와 아가사가 같이 들어와서 각자 커피를 한 잔씩 주문했다.

오드리는 커피를 받기 무섭게 책을 머지않아 받아볼 수 있을 것이라고 이야기했다. 나는 축하한다는 말을 건넸다.

"오드리 씨가 쓴 책을 빨리 읽어보고 싶네요." 대니얼은 넌지시 말했다. 아가사도 고개를 끄덕이며 동의하였다.

"느낌은 어때?" 나는 오드리에게 물었다.

"일단은 홀가분해 물론 다음에 어떤 내용으로 소설을 써야 할지 고민을 해야 하겠지만, 일단 하나를 끝내서 그런지 기분은 끝내줘."오드리는 커피를 한 모금 마셨다. "이제 다음 작품을 구상해야 할 것 같아."

"벌써요? 좀 쉬어도 되지 않아요?" 아가사가 이야기했다.

"작품을 하나 완성하다 보니 다른 글도 쓰고 싶은 욕구와 함께 정리되지 않은 아이디어가 머릿속에 맴돌고 있어요. 공책이나 랩탑에 쓰지 않는다면 안될 것 같아요."

"저희가 이해할 수 없는 욕구네요." 대니얼이 웃으면서 이야기했다.

"다시 한번 출판하게 된 걸 축하해." 나는 오드리에게 말했다.

오드리는 고맙다고 이야기했다. 그와 동시에 그동안 장시간 카페에 긴 시간 동안 자리를 차지할 수 있도록 해줘서 고맙다고 이야기했다.

아가사는 옆에서 장시간 동안 편안하게 머물 수 있는 카페는 여기밖에 없다며 말을 덧붙였다. 그 점이 가장 좋다고 이야기했다.

아가사와 오드리 그리고 대니얼 세 사람은 그동안 어떻게 지내고, 어제 있었던 축구 경기에 대해서 이야기했다. 레알 마드리드와 파리 생제르맹의 경기에 대한 이야기였다. 보지 않았던 경기이다 보니 그 대화가 이해되지 않았다. 그렇게 세 사람의 이야기를 들으면서 시간을 보냈다.

대니얼이 먼저 내일 일정 때문에 카페에서 나섰다. 머지않아 아가사도 카페에 나가서 오드리와 나 단둘이 남게 되었다.

"이렇게 단둘이 남은 것도 오랜만이네." 오드리가 먼저 입을 열었다.

"그동안 소설을 마무리하느라 정신이 없었잖아." 나는 어깨를 으쓱거리며 대답했다. "이젠 하나 끝났으니 다음 소설을 써야지." 오드리는 기지개를 피며 이야기했다.

"다음 소설의 내용으로 구상해 둔 건 있어?" 나는 식기를 닦으면 오드리에게 물었다.

"글쎄, 아직 구상해 둔 건 없어. 차차 머릿속에 맴돌고 있는 것들을 정리를 먼저 해야지." 오드리는 볼펜을 정신없이 만지작거렸다.

나는 오드리에게 잘 해낼 수 있을 것이라며 말을 하며 커피 한잔을 건넸다.

"아! 그러고 보니 알바생은 어떻게 되었어?" 오드리는 커피를 마셨다.

"아, 내일부터 출근하기로 했어. 아마 내일 오면 있을 거야." 나는 괜히 왼쪽 손목을 만지작거리면서 말했다.

"일을 빨리 익히는 사람이었으면 좋겠는데?"

"나도 그렇게 생각하지만, 천천히 알려줘야지." 나는 멋쩍게 웃으며 이야기했다.

그렇게 오드리와 그동안 하지 못한 이야기를 나누었다. 늦게까지 남아 있던 오드리가 카페 정리를 도와주었다. 정리를 마치고, 다음에 또 보자며 인사를 하며 카페 앞에서 헤어졌다.

033

전에 면접을 본 아르바이트생에게서 오늘부터 출근하겠다는 문자가 왔다. 나는 알겠다고 답장을 보냈다. 핸드폰을 만지작거리며 생각에 빠졌다.

아르바이트생이 오늘 온다면 어떤 것부터 가르쳐줘야 할지 곰곰이 생각해 보았다. 내 머릿속에선 가르쳐줘야 할 일은 가득하지만 정리가 되지 않았다.

커피 음료 제조를 가르쳐주자니 어떻게 해야 할지가 머릿속에서 정리가 되지 않았다. 커피부터 차근차근 알려줘야겠다는 생각을 하기까지 한 시간 정도 걸렸다. 오늘 어떤 일이 있을지 생각을 하며 카페를 열기 전까지 책장을 멍하니 바라보며 시간을 보냈다.

*

면접을 봤었던 릴리가 카페 앞에 서 있었다. 나는 잠시 릴리를 바라보다가 서로 어색하게 인사를 하고 카페에 들어섰다. 분명 집에선 무엇부터 차근차근 알려줘야겠다는 생각이 정리가 되었다고 생각했는데 직접 만나서 알려주려고 하다 보니 머릿속은 새하얀 백지가 되었다.

우선적으로 기본적인 커피 제조 방법과 정리하는 방법 등, 해야 할 일들을 차근히 알려 주었다. 손님이 주문을 할 때마다. 오늘만큼은 우유가 들어간 음료는 주문하지 않았으면 하는 마음이 들었다.

릴리는 처음이다 보니 중간중간 주춤하는 모습이 보였다. 주문이 두세 개 정도 밀려서 릴리와 함께 밀린 음료를 제조하였다.

얼마 지나지 않아 아리아가 카페에 왔다. 내 옆에 있는 릴리를 보고 잠시 멈칫했다. 나와 릴리를 번갈아 가며 바라보았다. 나는 고개를 으쓱거리며 주문을 받았다.

아리아는 카페라떼 한 잔을 주문했다. 이제는 점차 우유가 첨가된 커피도 능숙하게 제조하였다. 속도는 아직 빠르지 않지만 아까보다는 솔찬히 빨라졌다.

커피가 제조되자 아리아는 커피를 가지고 자리에 앉았다. 릴리에게 새로 온 직원이냐는 질문부터 이런저런 질문을 하였다. 머지않아 오드리가 오자 릴리에게 질문 공세가 이어졌다.

릴리가 유일하게 질문 공세를 피할 수 있었던 시간은 주문을 받고 나와 함께 음료를 제조할 때 이외에는 없었다. 크리스토퍼는 같이 게임을 제작하는 팀원들과 함께 카페에 방문해주었다. 게임 개발 이야기를 나누었다. 한 사람이 서류 몇 개를 꺼내면서 그 서류를 읽으면서 이야기를 나누고 있었다.

인사하며 카페에 들어온 아가사가 내 옆에 선 릴리를 바라보며 인사했다. 이번에 뽑은 직어이라고 설명하자 그녀는 웃으며 새로 온 직원에게 커피를 부탁했다.

"직원을 뽑을 거라곤 생각도 못 했어요." 아가사는 턱을 괸 상태에서 말했다.

"저 혼자 정리를 하거나 손님들이 몰릴 땐 저 혼자로서는 힘들더라고요." 릴리가 아가사에게 커피를 조심스레 내밀었다.

"고마워요." 아가사는 커피를 한 모금 마셨다. "맛이 괜찮네요."

그 뒤로 아가사와 잠시 이야기를 나누다가 릴리가 어색하게 서 있다는 걸 깨달았다. 손님이 뜸해져서 릴리와 함께 창고를 정리했다. 정리를 하면서 중간중간 손님이 들어오는 소리가 들려오면 주문을 받고, 음료를 제조했다.

창고 정리를 마치고 나오니 오드리가 카페에서 아가사와 이야기를 나누고 있었다. 오드리는 카페에 들어왔을 때 웬 여성분이 카운터에 서 있어 카페의 사장이 바뀐 줄 알았다고 나에게 이야기했다.

오드리는 나에게 줄 것이 있어서 잠깐 왔다고 했다. 가방에서 책 한 권을 꺼냈다.

그동안 쓴 책이 드디어 출판이 된 듯하였다. 오드리는 나와 아가사에게 한 권씩 선물로 주었다. 고맙다고 이야기를 하고서 표지를 보았을 때 아가사는 나에게 전에 우리가 골라준 표지라고 나에게 속삭였다. 그렇게 시간을 보내면서 카페를 정리하고선 마지막까지 카페에 남아 있었던 아가사와 함께 걸어갔다.

그 후로 릴리는 점차 손님 응대와 함께 제조를 할 수 있는 음료 가짓

수가 늘어갔다. 오드리는 그 후로도 카페로 나와 한동안 책을 읽다가 새로운 아이디어가 떠올랐다면서 글을 쓰기 시작했다.

아리아 또한 평소와 똑같이 나에게 종종 글의 피드백을 부탁했다. 그러면서 앤이 본인이 일하는 출판사의 표지 디자이너로 일하게 되었다고 하였다. 전 직장의 일이 너무 힘들어서 남자친구 및 가족들과 같이 보낼 시간이 없었다고 한다. 그로 인해 마침 제안이 들어와 출판사로 옮겼다고 하였다.

크리스토퍼는 게임의 중반 단계까지 완성했다고 말했다. 종종 같이 일하는 팀원들과 함께 카페에서 작업을 하는데, 그로 인해 릴리가 청소할 때 눈치가 보인다고 하소연을 했다. 대니얼 같은 경우는 다른 직장으로 옮긴 후 간만에 카페에 와서 근황을 전했다. 마음에 드는 이성이 생겼는데 어떻게 마음을 전해야 할지 모르겠다는 말에 나는 잘할 수 있을 거라는 응원을 더했다.

모두들 각자의 자리에서 잘 지내는 것 같다. 물론 말하지 못할 사정이 있고, 힘든 일이 있을 것이다.

특별한 것이 없는 나에겐 카페 손님들의 이야기만큼 특별한 것은 없었다. 물론 내일도 비슷한 날이 될 수도 있을 것이다. 단지 그 속에서 특별함을 찾고 싶다.